이제야
엄마가
재밌다

홀로 선 엄마가 선택한
두 아들과의 행복 인생 이야기

이제야 엄마가 재밌다

정 글 ┃ 지음

지우출판

C O N T E N T S

이제야
엄마가
재밌다

프롤로그

드디어 책이 나온 모양입니다. '작가님'이라고 부르는 분들이 더 많아졌습니다. 가수는 앨범을 내야 뜨고, 작가는 책을 내야 알려지는 게 섭리인가 봅니다.

이 작품은 2007년 처녀작에 이은 두 번째 작품입니다. 계속 출판을 이어갔어야 했는데, 그동안 일이 좀 많았습니다. 서울에서 시골로 이사를 했고, 전원주택을 짓고, 낯선 환경에 적응을 하며 두 아들을 데리고 먹고 사느라 현실의 바닥에서 뒹굴뒹굴하다보니 어영부영 10년의 세월이 흘렀습니다.

물론 펜을 놓았던 순간은 단 한 순간도 없었습니다. 먹고 살기 위한 삯글 쓰기부터 공모전 출품과 매해 보령시 어르신 자서전 출판에, 취미 생활인 sns 집필활동까지. 다만 빛을 보지 못했다는 점이 싹을 틔우지 못한 씨앗의 운명과 비슷합니다.

이 대목에서는 시골 탓을 좀 하고 싶습니다. 뭘 하든 성급하기 그지없던 제가 시골에 온 후론 아무 생각이 없어졌지 말입니다. '아무 생각이 없어졌다'란 말 외에는 다른 적당한 표현이 떠오르지 않음을 이해해 주시기 바랍니다.

매일 밤 뜬구름 잡느라 밤을 꼴딱 새우기 일쑤였던 이 사람이 '아무 생각'이 없어지자 이젠 바닥에 등이 닿기만 해도 금세 곯아떨어집니다. 어떻게 된 건지 한 발짝도 나아가 본 적 없는 삶에 대해서는 좀처럼 집착이란 게 안 생깁니다. 아무래도 시골 공기가 더딤의 미학을 안겨 주는 모양입니다. 이것이 다행인지, 불행인지에 대해서는 솔직히 잘 모르겠습니다.

분명한 것은 내 인생의 핸들을 쥔 자도, 속도를 내는 자도, 때를 알리는 자도 '내'가 아니라는 사실을 알게 되었다는 겁니다. 저는 그렇게 믿고 살아가렵니다.

그렇게 누운 풀처럼 살아가던 어느 날, 꿈을 꾸었습니다. 자동차 경주를 하며 마구 속도를 내던 꿈이었지요. 꿈에서라도 신나게 달리니까 좋네 했는데, 그 날 마침 출판 그룹 제이엘스 컴퍼니의 이정 대표로부터 연락이 왔습니다. 다짜고짜 "작가님이 꼭 써야할 글이 있어요." 하더군요. 약속 날짜에 맞추어 서울에서 보령까지 단숨에 달려 온 그녀는 제 손을 잡고 보물섬에 이른 듯 상기된 목소리로 기획안 한 장을 꺼내 놓았습니다.

"사춘기 두 아들과 시골에서 살아가는 엄마의 당당한 독박육아 정복기를 써 보세요!"

이미 방송작가로 성공한 그녀의 기획력을 신뢰하던 터였습니다. 하지만 마구 까발려도 괜찮을 만큼 우리의 삶이 썩 괜찮지 만은 않았습니다. 그러면서도 또 한 편에서는 마구 까발리고 나면 뭔가 특별한 일들이 펼쳐질 거란 예감이 파고들더군요.

'자동차 경주 꿈'을 꾸었던 그 날 이후 자동차 경주를 하듯 속사포와 같은 자판질을 시작했습니다. 중간 중간 장애물에 걸려 한 참을 멈추어 서기도 했지요. 오죽 하면 시골까지 왔겠냐만은, 그 오죽한 사연들을 적나라하게 드러낸다는 게 솔직히 쉽지만은 않은 일이었습니다. 과거의 기억은 그저 '회피상자' 안에 가두어 두었을 때가 가장 편안한 것이니까요.

가두었던 기억을 꺼내어 두루두루 살피어 글로 표현하기 위해 펜대를 든다는 것은 상처에 매스를 대는 일만큼이나 아픈 일이었습니다. 하지만 매스는 가장 완벽한 치유를 위한 가장 두려운 도구란 점 또한 알고 있던 터였습니다.

존경하는 박완서 선생님께서도 일찍이 말씀하셨지요, 왜... 진정한 소설의 글감은 평범한 일상 속에, 버림받은 쓰레기 속에, 외면당한 남루 속에, 감추어진 추악한 것 속에 반짝인다고.

이 작품에 몰입하는 동안 한 때 버림받고 남루했던, 평범하면서도 감추어진 삶 속에서 반짝이는 것들과 씨름하며 많이도 웃고 울었더랍니다. 그렇게 '회피상자' 안에 갇혀 빛나는 줄도 몰랐던 이야기를 활자로 긋고, 통찰을 찾아 내면에 붓고, 표면에 덧칠을 하는 사이 예감대로 특별한 일이 일어나고 말았습니다.

비로소 제가 '어떤 엄마'가 아닌 '엄마인 엄마'가 되어 가고 있었던 것입니다. 이 말은 엄마 노릇에 재미가 붙기 시작했다는 뜻이기도 합니다. 재미가 붙기 시작했다는 건, 이제야 뭘 좀 알아가고 있다는 말이기도 하죠.

두 아들 녀석들과 살아가는 이야기를 솔직히 써 내리기 위해 두 녀석의 잠꼬대에도 귀를 기울였으며 노는 자식 풀어주고, 하는 자식 밀어 주자는 철학을 열심히 지켜 냈습니다. 그러는 사이 자연스럽게 아이들의 변화가 시작 되었지요.

이정 대표의 기획을 시작으로 탈고 된 작품을 출판으로 완성해 주신 지우 출판사의 김용성 대표님께 감사드립니다. 모두가 별을 따기 위해 하늘을 향해 손을 뻗칠 때, 김 대표님께서는 땅에 떨어진 별 하나를 번쩍 집어 올리셨습니다. 대표님의 은혜에 보답하기 위해서라도 하늘의 별처럼 떠야겠습니다. 별처럼 세상의 어둠을 비추고, 타인의 마음을 밝히는 글쟁이가 된다면 보답이 충분할 런지요. 훌륭한 글쟁이가 된다면 울 아부지와 울 엄마가 제일 좋아하실 겁니다. 사내 녀석들을 키우며 혼자 사는 딸년 걱정에 한시도 안심을 못 하시는 두 분이시니 말입니다. 두 녀석의 아름다운 성장에 두 분의 노고가 깊이 스몄음에 감사드립니다.

사랑하는 가족들과 친구들의 얼굴을 떠올리며 한 사람 씩 이름을 호명할까 하니 마치 영화제에서 대상을 수상한 여배우 코스프레를 하는 거 같아 민망하기 짝이 없습니다. 그래도 가족과 이웃집 아주머니와 아저씨, 잦은 안부를 전하는 선후배와 친구들, 나의 첫 독자 나비에게 만큼은 고마움을 전할랍니다.

자, 이젠 멀국이와 엄껌이의 이름을 불러 보렵니다.

따뜻한 이야기 속 사랑스러운 주인공이 되어 준 멀국아! 엄껌아! 너희가 썼다, 이 책은.

이 책이 아니었더라면 엄마는 여전히 엄마의 재미를, 아니 삶의 재미를 모르는 사람으로 살아가고 있었는지도 모르겠구나.
책을 출판하며 엄마에게 주어진 모든 축복과 영광을 너희에게 바친다.

너희가 있어 나는 엄마다.
설령 재미가 없다 해도 세상에서 가장 행복한 이름... **엄마.**

이제야
엄마가
재밌다

NATURE

이제야 **자연**이 재밌다

01

아이에게 있는 '결핍'이란 날개를
잘 활용하라

내 아이에게 믿을 수 없는 사건이 일어나고 말았다. 정말 믿을 수가 없어서 볼을 꼬집고 또 꼬집어 보았다. 얼굴이 뽀얗기에 별명이 멀국이인 큰 아들 녀석이 고등학교 1학년 1학기 기말고사 과학 시험에 100점을 맞은 거다. 내가 이렇게 호들갑을 떠는 이유는 우리 멀국이는 받아쓰기 시험조차 100점을 받아 본 적이 없던(애는 딱 한 번 있다고 우기는 데 내 기억에는 없다) 애이기 때문이다.

공부라고는 지지리도 못하던 녀석이 100점을 다 맞다니 나로서는 믿을 수가 없는 사실이었다. 1학기 기말고사를 보고 난 멀국인 그 소식을 카톡으로 알렸다.

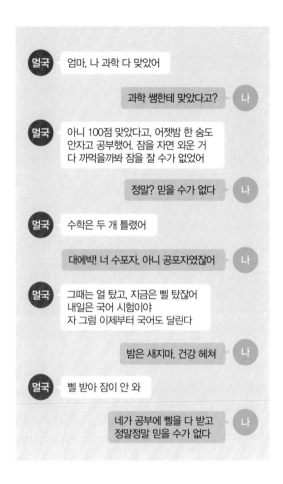

고등학교에 진학해서 학구파로 변신한 멀국이는 몇 해 전까지만 해도 애물단지, 꼴통 끝판왕, 어린 건달놈으로 불리던 불량소년이었다. 중2 여름방학 전까지만 해도 녀석의 장래 희망은 백수였으며 시험 전 날에도 밤 새워 게임만 하던, 엄마 염장지르기의 달인이었다.

공부를 한답시고 뒷짐 지고 앉아서 참고서를 전단지 훑듯 바라보던 녀석을 나는 한심하단 눈초리로 쏘아보며 욕을 퍼붓곤 했었다. 그랬던 녀석이 고등학교에 입학을 하자 철이 든 거다. 이젠 공부하는 모습에서 제법 진정성이 엿보인다. 두 손을 바쁘게 움직여 연습장을 채워나가고 있는 모습을 보고 있노라면 우리 멀국이가 맞나 싶을 정도이다.

여섯 살 때 부모의 이혼을 경험한 멀국이는 상처가 많은 아이였다. 일찍이 방황을 하다 보니 인성도 삐뚤어졌고, 공부도 하위권에 머물렀다. 녀석이 교우들과 시비가 걸릴 때마다 학교에 불려 다녔던 나는 엄마의 자격을 그만 내려놓고 싶다고 주저앉아 목 놓아 울었던 적도 있었다.

어릴 때만해도 총기가 빛났던 내 아들이 그렇게 삐딱하게 커 줄줄은 꿈에도 상상하지 못했던 까닭이다. 애가 말썽만 피우니 더 이상의 기대도 힘에 부쳤다. 나는 멀국이의 대학진학 같은 건 일찍이 포기했으며 그저 사고 안 치고, 돈이나 안 까먹으며 조용히 살아주기만을 바랐다.

그런데 중3이 되자, 애가 이상해진 거다. 도깨비 같은 녀석이 무슨 맘을 먹었는지 대학은 서울로 가야겠다면서 공부에 열을 올리기 시작했다. 그러더니 거의 기적에 가까울 만큼 성적을 껑충 올렸다. 멀국이가 변한 데에는 여러 가지 이유가 있었겠지만 그 중 한 가지 이유를 꼽는다면 중2 겨울방학 때 참가했던 S캠프의 영향이 컸다고 할 수 있겠다.

'S캠프'는 교육환경이 열악한 읍·면 지역 및 도서지역의 중학생들을 대상으로 대기업 S에서 지원하는 사회공헌사업이다. 대학 캠퍼스에서 열렸던 3주간의 캠프 기간 동안 멀국이는 대학생 강사들로부터 영어와 수학을 집중적으로 배웠다.

3주 간 충남대학교에서 대학생 형, 누나들과 합숙하며 수업을 받는 동안 멀국이는 대학물이란 걸 맛본 모양이다. 멀국인 사람이 좋으면 금방 물이 드는 성격이다. 중학교 때 가장 못했던 과학을 고등학교에 입학해 100점을 맞고, 마침내 이과로 진학하게 된 동기도 형님 같은 과학 선생님을 좋아했기 때문이었다.

본디 사람이 좋으면 그 사람이 전하는 말 한마디도 좋고, 명령에도 군 말 없이 따르게 된다. 그러니 형님 같은 과학 선생님의 가르침을 따라 공부를 한 멀국이의 성적이 오를 수밖에.

아이가 변하니 사람들은 어느 학원에 보냈는지에 우선의 관심을 가졌다. 그러나 멀국이가 다닌 학원이라곤 교회 목사님 사모님께서 운영하시던 우리 마을 영어학원 일 년이 전부였다.

우리가 사는 시골엔 그 흔한 학원 하나가 없다. 그 까닭에 멀국이는 오로지 인터넷 강의에만 의지하고 있다.

　중학교 때까지만 해도 꼴통의 표본을 자랑하던 멀국인 인터넷 강의만으로 공부를 해서 고등학교에 진학한 후부터는 줄곧 내신 석차 상위권에 머물고 있다. 인터넷 강의를 선호하는 이유를 묻자 멀국이는 이렇게 답변했다.

　"첫째는 시간 제약이 없어서 공부할 뻴일 때 집중할 수 있어서 좋고, 둘째는 선생님들이 모두 고수라 이해가 잘 되어서 좋아. 그리고 마지막으론, 스스로 생각할 시간이 많아서 좋아. 모르는 문제가 있어도 질문을 할 수 없기 때문이지."

　이 이야기를 강남에 사는 친구에게 전했더니, 마지막 대목에서 자기 아이와 차이가 난다고 하더라. 인강을 듣던 그 친구의 아이는 모르는 문제가 있을 때마다 도무지 답답해서 안 되겠다며 학원을 보내달라고 했단다. 그래서 어쩔 수 없이 대치동 입시학원에 보내고 있다고.

　나 홀로 인강에 빠진 멀국이는 질풍노도의 시간을 지나 책상 앞에 머물며 꾸준히 참고서에 얼굴을 묻고 지내는 중이다. 성적이 오르면서 선생님들께 칭찬을 듣고, 친구들로부터 인정을 받기 시작한 멀국이는 가능성과 미래의 희망을 발견한 모양이다. 자격지심도 벗어던

졌는지 더 이상 브랜드가 있는 옷을 밝히지도, 게임에 목숨을 걸지도, 이치에 안 맞는 궤변드립에 열을 올리지도, 꼼수를 부리지도, 일부러 꼴통 짓을 하지도 않는다.

노력한 만큼 힘이 생기고, 힘이 생긴 만큼 자존감이 높아진 멀국이의 변화를 주변에서는 기적이라 말한다.

노력이 낳은 결과물의 다른 이름, '기적'.

앞에서도 말했지만 멀국이의 기적은 사교육의 힘에서 비롯되지 않았다. 오로지 본인이 공부를 해야겠다는 간절함이 작용했을 뿐이다. 간절함이 밤을 새워도 끄떡없는 철인을 만들었으며, 한 번도 받아 본 적 없던 100점을 가능케 했다. 누군가 말했듯 노력은 스스로 했을 때 진정한 가치를 발하는 것이다. 그럼 우리 멀국인 왜 간절해진 걸까?

울 애들의 꿈은 이제 그만 시골살이를 벗어나는 거란다. 도랑에서 물장구칠 나이가 훨씬 지났으니 날갯죽지가 근질근질 해질 때도 됐다. 이 꼴 저 꼴 보기 싫어 시골에 온 나야 이곳에 뼈를 묻을 생각이다만, 모험심이 강한 아이들은 도시에서 펼칠 꿈이 기대되는 모양이다. 이 꼴 저 꼴과도 정면으로 맞서고 싶단다.

시골 사는 덕에, 형편이 넉넉지 않은 덕에, 한 부모 가정의 아이들인 덕에, 우리 아이들에겐 꿈을 이루어 갈 '간절'이란 동력이 주어졌다. 간절한 놈은 못할 것도 없고, 이길 재간도 없다. 철옹성 같은 벽을 넘어 이곳에 이르기까지가 쉽지 않았듯 다시 그 벽을 넘어 우리가 있던 자리로 착지하려면 생각보다 더 높이 뛰어 올라야 할지도 모르겠다. 녀석들에겐 미안한 얘기지만, 나로선 꿩 먹고, 알 먹는 기분이다. 고요한 시골 생활이 저절로 아이들의 등을 떠밀어 학구열을 부추기고 있으니 말이다.

역시 자녀교육에 있어서만큼은 과잉보다 '적당한 결핍'이 묘약인거 같다. 그러니 말 타고 공중 부양하는 애들 부러워할 거 없다. 움츠린 날개를 편 독수리의 용맹한 비행은 금수저들의 공중부양에 비해 아름답기까지 하다. 바람을 가로질러 먼 시야를 내다보는 독수리의 비행술이 얼마나 웅장하고 아름답던가. 파리를 헤치는 법은 없어도, 부패한 짐승 한 마리쯤은 덥석 낚을 줄 아는 독수리처럼, 움츠린 날개를 가져 본 아이들은 정의를 실현하며 사람답게 살아가는 법을 알게 될 것이다.

결핍은 사람을 이해하고, 나눔을 실천할, 경험이 낳은 소중한 인문학적 콘텐츠인 것이다.

피똥 싸게 공부를 했던 시험이 끝난 날, 정말로 피똥을 쌌을 만큼 몸살이 났던 멀국이가 며칠을 앓고 난 후에 말했다.

"시골학교 아이들이라고 깔 봤는데 장난이 아니야. 시골학교에서도 피똥 싸게 공부해야 하는데 도시에 있는 고등학교로 진학했으면 죽을 뻔했지 뭐야."

"시골에 살면서 도시 학교 다닐 거 같으며 왜 이곳으로 이사를 왔겠니. 우린 이미 시골에서 칼자루를 쥐었으니 무라도 뽑자! 꼭 시골스럽게 뿌리를 뽑자."

"어."

시골로 삶의 터전을 옮긴 후부터 달라지기 시작한 멀국이의 얼굴엔 볏단을 한 아름 안은 이웃집 농부 아저씨와 같은 미소가 담겨 있었다.

02

제 먹고 살 걱정은
애들이 더 한다

우리 집에서 전원주택의 혜택을 가장 많이 보고 있는 사람이 있다면 둘째 엄껌이다. 형 멀국이가 내동댕이친 기타를 잡고서 매일 새벽까지 연습을 한다. 잠결에 엄껌이의 기타 소리를 들으며 나는 잠꼬대처럼 혼잣말을 중얼 거린다.

"아파트 같으면 꿈도 못 꿀 일이지."

엄마한테 껌처럼 붙어 있다고 해서 별명이 엄껌인 둘째의 별명을 아무래도 기껌으로 바꾸어야 할 거 같다. 기타를 잡기 시작한 후부터는 기타에 껌처럼 붙어있으니 말이다.

　보령 현악 앙상블의 기타 연주자로 발탁이 되었을 만큼 기타를 잘 치는 엄껌이는 독학으로 기타를 배웠다. 이제 엄껌이의 전유물이 되어버린 기타는 원래 멀국이 생선(생일선물)으로 사 준 악기였다. 생선으로 기타를 언급했을 때 멀국이는 고개를 절래절래 흔들었다. 적성에 맞지 않다는 게 이유였다. 사실은 녀석이 기타를 잘 쳐서 내 생일 날, 생일축하 곡 하나 정도는 멋지게 연주해 주기를 기대했었다. 그래서 녀석의 뜻을 싹둑 자르고, 동행을 자진한 엄껌이와 함께 낙원 3가로 향했던 것이다.

　형의 선물을 고르기 위해 엄껌이는 진짜로 생물 고등어를 고르듯 들어보고, 만져보고, 값을 물어 보더니 세고비아 기타 한 대를 들어 올렸다. 엄껌이가 추천한 기타에 거금을 치른 나는 한우 꽃등심 두어 번 먹으러 갈 수 있는 돈으로 멀국이를 기타 학원에 등록시켰다. 그러나 멀국인 레슨 받기를 게을리 했으며, 집에 와서도 연습 한 번을 안 했다. 없는 형편에 거금을 투자했건만, 돈만 날리고 기타는 내팽개쳐지고 말았다. 형의 물건이라고 손도 안 댔던 엄껌이가 제 형이 고등학교 기숙사에 들어가고 한참이 지난 후, 조심스럽게 물었다.

　"저 기타 제가 쳐도 돼요?"

엄껌이는 구석 신세가 된 기타를 측은한 눈초리로 바라보았다.

"그럼. 형은 거들떠도 안 보니 이제부터 저건 네 거다. 대신 공부에 지장있으면 안 된다."

"예, 약속 할게요."

그러나 엄껌이에게 약속은 어기라고 있는 거였나 보다. 기타를 잡기 시작한 엄껌이는 공부는 뒤로한 채 오로지 기타에만 풍당 빠져 들었다. 녀석의 기타 소리를 들으며 나는 잠꼬대처럼 혼잣말을 중얼거렸다.

"저렇게 공부하면 서울대 가겠다."

원하는 고등학교 진학에 사용해야 할 시간과 에너지를 다른 곳에 쓰고 있다는 점에서 한숨이 절로 나왔지만, 엄껌이의 이층 방 창 너머 푸른 소나무 밭과 오솔길이 펼쳐진 풍경이 기타 연주 소리와 참 잘 어울린다는 생각을 했다.

한 번도 그만 하란 말을 하지 않았던 건, 기타 연주로 박수를 받으며 엄껌이의 숨었던 존재감이 봄을 만난 꽃처럼 고개를 내밀었던 까닭이었다. 하루는 형의 기타를 잡고서 하루 종일 베짱이놀이를 하는 녀석에게 물었다.

"그렇게 기타가 하고 싶어서 어떻게 참았어?"

"실은 그 때 기타를 구입했던 날부터 너무 하고 싶었어요."

"그럼 그 때 말하지 그랬어. 너도 기타학원 보내달라고."

"기타를 잡으면 공부를 안 할 거 같았어요. 저는 꼭 G마이스터고등학교에 진학하고 싶거든요. 그리고 기타 학원엔 안 다닐 거예요. 저도 기타리스트 정성하처럼 독학의 기록을 깨보고 싶어요."

엄껌이가 진학하고자 하는 마이스터고등학교는 선 취업, 후 진학이 보장된 실업형 인재 양성 고등학교이다. 연년생인 두 아이를 나란히 대학에 입학시켰을 때 따르는 대학 등록금의 부담을 덜게 되었으니 싱글맘인 나에겐 반가운 결정이 아닐 수 없었다. 하지만 상위 30% 이내의 학생들이 진학하는 소수정예 학교였으므로 성적관리를 잘 해야만 했다.

사춘기에 접어든 녀석이 질풍노도의 시기를 음악으로 승화시킨다는 건 좋은 일이었지만, 하필 고입을 앞둔 중요한 시기에 기타를 잡았다는 건 매우 유감스러운 일이 아닐 수 없었다. 그러니 녀석은 기

타에 소질을 보였고, 우연히 녀석의 연주를 들은 모 악기점 사장님은
이렇게 이르셨다.

"아까운 실력입니다. 이 학생을 서울로 보내십시오."

보령을 대표하는 기타리스트이기도 했던 악기점 사장님의 호평을
들은 엄껌이와 나의 입엔 함박웃음이 지어졌다. 그러나 사장님은 이
내 지극히 아재다운 한 말씀을 덧붙이셨다.

"하지만 학생, 기타만 해서는 먹고 살기 어렵다는 것만 알아둬라.
기타 하는 사람이 전국에 10만 명이 넘는데 거의가 기타로 밥 먹고
사는 사람은 없거든."

악기점 아저씨의 말씀을 들은 녀석의 얼굴엔 금세 그늘이 드리워
졌다.

나는 안다.
자신이 좋아하는 일이 밥벌이가 되지 않는다는 사실이 얼마나 큰
절망을 안겨 주는지를.

중학교 때부터 원작을 완성해 영화를 만들겠다고 영화감독을 쫓아

다니던 내 발을 꽁꽁 묶기 위해 울 엄마는 늘 절망을 선포하셨다.

글쟁이는 밥 굶는다!

결국 엄마에게 포위된 나는 울 엄마를 통해 점쟁이가 정해준 식품영양학과에 진학을 했지만, 돌고 돌고 돌아 삼십 대 후반에 이르러서야 겨우 내 자리를 찾아 왔다. 밥 굶는다는 글쟁이로.

울 엄마 말대로 글을 쓰는 일이 밥 굶기에 딱 좋은 일인 건 맞았으나 글을 쓸 때 비로소 내가 나 된 느낌을, 나는 정체성이자 행복이라 말하고 싶다. 남들이 알 리 없는 나만의 행성에 갇혀 아마도 무덤까지 이 길을 갈지 싶다.

'밥 굶은 자의 행복'이란, 말도 안 되는 얘기 같지만 굶어죽어도 자기가 좋아서 하는 일을 하는 사람만이 알 수 있는 어떤 묘한 매력을 말하는 거다. 또 선물처럼 주어진 비밀스러운 대가가 있기에 고독한 현실의 한계를 이어가기도 한다.

세상의 잣대에 부화뇌동하지 않고 자기가 좋아하는 일을 열심히 하다보면 밥과 빵, 달콤한 디저트가 주어지기도 한다. 이건 굶어죽어도 좋다, 하며 자기가 좋아서 하는 일을 뚝심 있게 해나가는 사람들만이 알 수 있는 거짓말 같은 사실이다. 다시 말해서 자신의 꿈을 찾아 마땅히 해야 할 일에 시간을 쏟는 사람들에게는 반드시 길이 열린다는 확신을 말하는 거다.

잠시 내 꿈에 대한 이야기를 하자면 이렇다.

내 꿈은 글쟁이다. 어려서부터 작가라는 호칭을 좋아했다. 작가 엄마, 작가 여친, 작가 언니, 작가 누나, 작가 딸, 작가 와이프, 작가 친구가 어쩐지 멋져보였다. 원래 꿈은 멋져 보이는 대상을 닮고 싶은 마음에 꾸기 시작하는 거다. '태양의 후예'란 드라마에서 유시진이란 인물이 등장한 이후 특전사를 꿈꾸는 학생들이 많아진 것처럼 말이다. 아이들과 어떻게 먹고 살아야 할지를 고민하며 돈 벌 궁리만 해도 모자랄 형편에 글을 쓴답시고, 때 아닌 안빈낙도를 자처했으니 바라보는 가족들의 걱정 또한 이만저만이 아니었을 테다. 하지만 현실의 노예로 삶을 정체시키고 싶지는 않았다. 오히려 현실을 쫓아가는 삶에 더 불안감을 느꼈으니까.

나는 당분간은 입에 풀칠만 하는 삶에 만족하기로 했다. 그렇다고 해서 먹고 살아갈 궁리를 안 했다는 얘기가 아니다. 나는 글밥을 먹고 살아간다. 생계형 글쓰기를 '삯 글' 쓴다고 하는데, 잡지사 원고나 자서전 대필, 기업이나 대학의 성과 보고집 등을 만드는 일을 한다. 물론 큰돈이 되지는 않는다. 그래서 돈이 모자랄 때는 식당 서빙이나 상점 판매원 등의 아르바이트를 하기도 한다.

독박육아를 하면서 먹고 살기 위한 모든 일들은 주력사업임에 틀림이 없다. 하지만 내가 꿈꾸는 숙원사업은 하루 종일 소설만 쓰는 거다. 내 글만 쓰면서 가장 나답게 팔딱이며 살고 싶다. 늦은 감이 없지 않지만 어디 한 번 끝장을 보겠다는 생각이다.

물론 끝이 어딘지는 모르겠다. 사람마다 꿈이 다르듯 이루어지는 때도 제각기 다른 법일 테니까.

꿈꾸는 엄마가 된 나는 내 아들의 꿈을 진심으로 응원한다. 우리 형편의 어려움이나 엄마 된 자의 권리를 휘둘러 엄껌이의 꿈에 방해꾼이 되지는 않을 거다. 또한 세상의 잣대로 인한 엄껌이의 두려움이 방해가 되지 않기를 바란다. 이러한 진심을 고스란히 담아 고등학교 입학을 앞두고, 고민을 하던 엄껌이에게 말했다.

"엄껌아, 네가 어느 고등학교에 진학을 하든 가족들이나 엄마의 기대를 염두 하지는 않았으면 해. 그럼 나중에 후회하게 될 거야. 엄마는 네가 꼭 마이스터고등학교에 진학하지 않아도 괜찮아. 네 적성에 맞고, 네가 어떤 책임이나 짐을 져도 행복할 수 있는 일을 선택하도록 하렴. 몰입은 땅을 뚫는 불도저 같은 거야. 지금처럼 열심히 연습을 한다면 너도 훌륭한 기타리스트가 될 거야. 그렇게 기타가 하고 싶으면 예고에 가자. 뒷바라지는 어떻게든 해줄게."

하지만 이 말을 건네는 동안 조금은 후들거렸다. 녀석이 덥석 그러자, 했을 때 당장에 밀어 줄 일이 막막했기 때문이었다. 다행히 우리 엄껌이에게도 어쩔 수 없는 아재의 피가 흐르는 모양이었다. 엄마인 내 말보다 악기집 아재의 말이 더 와 닿았는지 먹고 살기 위해서라노

마이스터고등학교에 진학하겠다고 했다.

아무래도 밥은 먹고 살아야 행복할 거 같다면서. 일단 밥벌이부터 하고 보겠다고.

엄껌이의 결정에 나도 모르게 미소를 짓던 나의 이중성을 보며 알았다.

우리가 마땅히 가야할 길 앞에 장애물은 다른 무엇이 아닌, 먹고 사는 문제에 대한 두려움이라는 걸.

03

삶을 송두리째 옮겨
희망에 심다

이야기를 구성하는 3요소는 인물 · 사건 · 배경!

이건 중학교 1학년 2학기 때, 엄껌이가 밥상머리에 앉아 달달달 암기하던 중간고사 국어 예상문제였다. 이 문제는 우리 인생의 중요한 법칙이기도 했기에 나는 마치 돌담에 새긴 낙서처럼 금방 암기를 했고, 그 후로도 쉽게 잊지 않았다.

우리의 이야기를 만드는 요소는 인물, 사건, 배경, 그리고 인물의 성격.

우리가 그려가는 인생 스토리는 고스란히 운명으로 펼쳐진다. 선악의 조건을 떠나 사람과 환경, 성격과 말, 마음과 생각의 연결 고리 안에서 그려지는 이야기가 운명과 일치한다는 얘기이다.

사는 게 아주아주 힘들게 느껴졌던 삶의 어느 지점에서 나는 운명론에 대해 관심을 가졌던 적이 있었다. 그 때 알게 된 '**무의식이 정하는 삶의 방향이 운명이다**'라고 했던 칼 융의 말은 내 삶에 한 줄기 희망의 빛을 선사했었다. 칼 융은 말과 생각과 행동이 무의식을 주관한다고 했다. 그리고 말과 생각과 행동은 어떤 사람과 환경을 만나느냐에 따라 달라진다고. 그렇기에 운명학자들은 명(命)은 정해진 것이고, 운(運)은 변하는 것이라고 운명(運命)을 정의하기도 했다.

서울에서 시골로 삶의 배경을 바꾸고 난 후, 우리의 운명이 다른 방향으로 흘러가고 있는 것만 봐도 그렇다. 삶의 배경을 바꾼 후 나와 아이들의 성격은 낙천적으로 바뀌기 시작했고, 우리의 스토리는 도시와는 전혀 다른 정서로 접어들었다.

도시에서 살았을 땐 늘 고도의 긴장감을 떨쳐버리지 못했다. 그러니 내 스토리 속 주인공인 나는 스트레스에 쩐 날카로운 인물이었을 수밖에.

약간의 가식과 조금의 과장을 섞어 SNS에 올렸던 포장된 삶과는 달리 내 이야기는 발전적이면서도 불안하고, 우울하게 흘러갔다. 그런 이야기 속 아이들은 엄마의 말을 잘 들어 줄 리가 없었고, 그런 이야기 속 엄마는 아이들을 떼어놓고는 무슨 일을 해도 마음이 놓이지가 않았다.

또 불안한 삶은 나를 표절 작가로 만들기도 했다. 도시에 사는 동안 남의 삶을 모방하느라 나는 창의성을 잃어버렸다.

무엇보다 심각했던 건, 내 아이들의 공간마저 남의 것으로 채워 넣느라 괜한 호들갑을 떨었다는 거다.

나는 남의 집 애들이 먹어서 좋다는 분유를 따라 먹였고, 남의 집 애들이 타는 유모차를 태웠고, 남의 집 애들 보는 동화 전집으로 거실 한 벽면을 장식했으며, 남의 집 애들이 다니는 유치원을 보냈고, 남의 집 애들의 성적을 올린 학원을 보냈고, 남의 집 애들이 유행시킨 신발을 신겼고, 남의 집 애들이 입어서 귀태가 나면 나도 그 옷을 입혔다.

어쩌면 내가 살던 도시는 표절과 모방의 도가니와도 같은 곳이었는지 모르겠다. 남들이 하는 걸 나만 하지 않으면 바보가 되는 거 같았으니까. 어떻게 해서라도 남들이 하는 걸 따라 하거나 더 잘해야만 잠을 이룰 수가 있었으니까. 남들이 하는 걸 따라 할 때 고독감에서 해방될 수 있었고, 그걸 못한 채 방구석에 들어 앉아 섭식과 잠으로 폐인이 되어가는 모습은 상상만으로도 끔찍했다.

끔찍한 표절이 진행되던 참에, 다행히 내 삶에 위기가 닥쳤다. 위기는 끝이 아닌 시작을 위한 전환점이라고 했듯 남들과 처지가 달라졌을 때, 나는 남들과 나의 삶이 엄격히 구분되어져야 한다는 것을 직감했다.

애들아빠와 나는 긴 평행선의 끝을 이별로 매듭지었다. 아무런 대책도 없이 멀국이와 엄껌이만 데리고 홀로 선 서울은 마치 체중이 불어 맞지 않은 옷처럼 점점 불편해지기 시작했다. 숨을 내쉬면 금방이라도 옆구리가 터져 나갈 것 같은 옷처럼 서울은 내게 숨 쉬기에도 버거운 곳이 되어버린 것이다. 내 몸에 걸친 옷이 불편하다면 당장에 벗고 새 옷으로 바꾸어 입는 것, 이것이 죄가 되지 않는 다는 것을 알았을 때 나는 당장에 시골로 떠날 채비를 했다.

남들처럼 벽면을 장식했던 가족사진을 내리며, 남들처럼 아빠의 자동차를 타고 가족여행을 떠났던 시간과 이별을 하며, 비로소 용기가 생겨난 거다. 남들의 세상으로부터 빠져나와 우리만의 스토리를 만들어갈 용기가.

도심의 벽을 깨고 시골 행을 결심한 데에는 중요한 목적 하나가 있었다. 나는 엄마이기에 달라져야했다. 성품도, 성격도, 씀씀이도, 정신 상태도, 얼굴 빛도. 엄마인 나는 아이들의 운명에 가장 중요한 영향을 미치는 가장 밀접한 환경이었으니까.

본격적으로 독빡육아의 전선에 뛰어든 나는 남들과 상관없이 독하고, 빡세게, 그러나 예전보다 더 아름답고 멋지게, 내 아이들과의 삶을 펼쳐나가고 싶었다.

도시에서의 운명이 녹슬은 기계처럼 삐거덕거렸다면 반전의 운명
이 펼쳐지길 기대하며 환경부터 바꾸어 보기로 한 거다.

매인 소가 고삐를 벗어나듯 시골로 떠나 온 나는 철학자 월터 새비
지 랜더가 일흔다섯 번째 생일에 썼다는 마지막 글이 내 생에 단 한
번 표절되기를 희망했다.

나는 그 누구와도 싸우지 않았다.
싸울 만한 가치가 있는 상대가 없었기에.
자연을 사랑했고, 자연 다음으로는 예술을 사랑했다.
나는 삶의 불 앞에서 두 손을 쬐었다.
이제 그 불길 가라앉으니 나 떠날 준비가 되었다.

그렇게 자연의 품에 안긴 우리의 운명은 또각또각 초침을 따라 변
화의 세계로 접어 들었다.

04

행복은 여정이지
목적지가 아니더라

　어엿한 고등학생이 된 두 아들과 내가 8년 전 떠나온 이곳은 충청남도 보령시 청라면, 물 맑고 공기 좋기로 유명한 향천리 마을로 성주산이 어머니의 치마폭처럼 두른 한 가운데에 자리 잡고 있다.

　마을 어귀에서 비보호 우회전으로 20km 가량 직진하면 '콩밭 메는 아낙네'로 유명한 칠갑산이 있고, 비보호 좌회전으로 20km 가량 직진하면 '머드축제'로 유명한 대천해수욕장이 있다. 목욕탕이나 마트를 가려면 한 시간에 한 번씩 오는 버스를 타고 20분 이상을 달려가야 하고, 마을 어귀에 있는 '점방'이라는 두 평 남짓한 구멍가게를 빼면 이곳 향천리 마을에서는 돈을 쥐고도 물건을 살 수 있는 곳이 거의 없다. 맞다, 두 곳이 더 있긴 하다. 마당에서 키운 닭을 잡아 주는 토종닭 집과 금방 수확한 복숭아랑 사과를 사 먹을 수 있는 과수원.

버스 정류장에서 왼쪽으로 가면 보령의 명문 초·중·고등학교가 있고, 오른쪽으로 가면 도서벽지학교인 초·중·고등학교가 있는데 우리 집 두 녀석들은 모두 도서벽지학교로 지정된 초·중학교를 졸업했다.

초등학교 4학년 가을에 이곳으로 전학을 온 큰 애 멀국이는 어느덧 고2가 되었다. 걔가 다니는 고등학교 역시 마을 어귀에서 오른쪽으로 뻗은 국도를 달려, 25km 가량 떨어진 곳에 위치한 농어촌거점 고등학교이다.

낯선 곳에 정착하기까지 파란만장 스토리를 써 내린 아이들은 이곳에 온 후 개천에서 폴짝거리는 미꾸라지처럼 성장했다. 또 그런 아이들을 간섭하지 않기까지 나 또한 파란만장한 스토리를 경험했으나, 나른한 오후의 태양을 온몸으로 맞으며 누운 풀처럼 살아온 것이 분명하다.

그런 시골 생활이 어느덧 8년째에 접어들고 있다. 겨울엔 폭설에 갇히고, 봄·여름·가을엔 마당의 잡초를 뽑고, 집 안에 들어 온 벌레와 싸워야 하는 번거로움이 있지만, 그래도 우리가 함께 단장해가는 전원주택이 제법 멋스러운지 방문객들에게 위안과 기쁨을 전한다. 조금씩 사다 심은 화단의 꽃도 풍성해졌고, 울타리를 두른 편백나무도 옮겨심기를 해야 할 만큼 키가 성큼 자랐다.

　어디 그 뿐인가, 시골에 오면서 새로 바꾼 자동차의 2만여 개가 넘는 부속들은 이미 차례로 교체가 시작되었고, 바퀴는 벌써 네 번이나 갈았다. 서울과 시골을 오가느라 15만 km를 넘게 달렸으니 조그마한 자동차에 중병이 들 때도 됐겠다. 3년 약정이었던 케이블 TV와 정수기는 이미 재가입을 끝냈으며, 지은 지 6년이 다 되어가는 집도 벌써 하나 둘씩 손볼 곳이 생겨나고 있다. 인적이 드문 곳이다 보니 가슴 설레는 누군가의 방문이 그리울 땐 마트를 가는 대신 인터넷 쇼핑을 하고는 차례로 도착하는 택배에 기쁨을 맞보기도 한다.

　5년 전 가을, 내리쬐는 볕 아래에서 목수 아저씨와 함께 칠했던 데크의 오일스테인은 어느새 서리가 내린 것처럼 색이 바랬다. 마음먹고 우리끼리 다시 칠해 보자고 했을 때, 멀국이는 브라운 칼라를 고수하자고 했고, 엄껌이는 올리브 그린으로 바꿔보자고 했다.

　작년 가을에 이르러서야 내가 고른 다크 그레이로 칠단장을 했는데, 녀석들이 도와서 하루 만에 끝낼 수가 있었다. 위험을 무릅쓰고 이층 데크 난간에 매달려 거뜬히 색을 입혀가던 녀석들을 구경 나온 동네 어르신들께서 이구동성으로 한 말씀씩을 건네시더라.

　"아이구 이제 우리 멀국이 엄만 아무 걱정 없겠구먼!"

그래, 이제 제 할 일도 알아서 척척, 집 안 일도 말 없이 설설 해주는 녀석들이 있으니 아무 걱정이 없는 것 같기도 하고, 아직은 아닌 것 같기도 하다. 분명한 건, 우리가 이곳에 오면서 안고 온 상처 난 마음이 조금씩 낫고 있다는 거다.

글로벌 시대의 인재를 키우기 위해 남들은 해외유학을 지향하는 마당에 별난 역행을 감행한 셈이었으나 내게는 괜찮을 거란 믿음이 있었다. 우린 형편과 분수에 맞는 마땅한 길을 선택해 떠나온 거였으니까. 우린 남의 이목을 신경 쓰거나 분수에 맞지 않는 삶에 허비할 에너지를 모아 조금 더 우리 자신을 돌보는 데 집중하기로 한 거였으니까. 시골학교로 전학을 하던 날 아침, 나는 아이들에게 말했다.

"애들아, 이제부터 낮은 곳으로의 여행이 시작되는 거야."

실제로 보령이라는 지역은 서울보다 낮은 곳에 위치해 있기도 했지만, 나는 아이들의 마음이 세상의 끝자락에 닿기를 바랐다. 실제로 이곳은 마음을 내려놓고 살아가기에 안전한 곳이다. 나는 마음을 비우고 모든 과장과 압박을 벗어 던지진 후, 군데군데 상처로 얼룩진 아이들의 마음을 보듬고 싶었다.

노는 자식 풀어주고, 하는 자식 밀어주기에 안전한 이곳에서 말이다.

보통의 사람들은 삶이 불행할수록 위태로움을 들키지 않기 위해 고지로 향하는 자신을 과장하려 한다. 그러나 삶이 불행하다면 과장을 벗고 치유할 곳을 먼저 드러내 보이는 것이 정직한 태도일 테다.

돈키호테의 저자 세르반테스도 그랬다. 하늘은 정직한 사람을 먼저 돕는다고. 우리는 불행했고, 치유가 필요했고, 하늘의 도움이 필요했다. 우리는 우리에게 주어진 행복의 수량을 헤아릴 시간과 공간을 찾아 나섬으로써 정직한 행보를 시작한 것이다.

모방의 대상이 사라진 공간에서는 행복의 수량을 세는 일마저도 쉬웠다. 다양한 측면으로 둘러싸인 저마다의 삶을 이해하고 그 안에서 내 삶에 주어진 행복을 하나 둘씩 주워 담는 일, 다양한 측면으로 존재하는 삶이기에 내 삶이든 타인의 삶이든 세심한 관심을 갖고 둘러보지 않으면 헤아릴 수도, 바라 볼 수도, 알 수도, 그렇기에 안다고 말할 수도 없다는 걸 받아들이는 일, 이것이 치유이자 변화의 시작이었던 것이다.

수년간의 전원생활을 통해 얻은 게 있다면 우리가 얼마나 행복한 사람들이었는지를 알게 되었다는 거다. 독박육아가 고단하긴 했어도 나는 늘 아이들에게 긍정의 메시지를 전하는데 젖 먹던 힘을 더했다. 아빠는 멀리 떨어져 살아도 존경의 대상이며, 용 쓰며 살아 온 듯 하지만 또한 무탈하게 살아가고 있으니 이 얼마나 공평무사한 인생이냐고. 그러한 세뇌는 매일 아침 프로랄 향이 나는 속옷과 수건을 준

비해주고, 정성껏 지은 밥과 국물로 함께 식사를 하는 것으로 신뢰를 더해 갔다.

이렇게 소소하게 살아가다 보니, 이상하게도 낮은 곳에 머무는 내게 사람들이 찾아오기 시작하더라. 대부분 귀농을 꿈꾸는 사람들이나, 아이들을 시골학교로 보내고 싶은 사람들, 또는 전원에서의 삶에 대해 물을 것이 많은 사람들이었다. 그 중에는 나와 같은 미천한 신분으로는 옷깃조차 스칠 수 없는 사람들도 있었고, 선망의 대상인 사람들도 있었다. 그러나 그들 모두 어디로 흘러갈지 모르는 인생을 부여잡고 두려움 속을 헤매며 저마다의 삶을 감당해 내고 있었다.

이곳에 이르러서야 타인이 이른 목적지만 바라보았던 나와 행복은 참으로 어울리지 않았음을 알게 되었다. 행복은 여정이지 목적지가 아니기 때문이었다.

이제야 감히 행복을 운운할 수 있는 건, 내게는 송충이로 솔잎을 먹을 용기와 누릴 몫이 있고, 그들에겐 그들의 자리를 지킬 용기와 누릴 몫이 있다는 공정함을 체화시켰기 때문이다.

세상이란 큰 나무의 여러 가지 중 한 가지의 잎사귀처럼 매달린 우리는 각자가 자기 몫을 감당하며 살다가 결국엔 낙엽처럼 떨어져 모두가 거름이 될 소중한 존재라는 걸.

온갖 종류의 나무가 우거진 숲에 선 나와 아이들은 짓밟힌 수많은 낙엽의 슬픔을 공감하며 친밀감을 높이고, 또 변해가는 서로의 모습을 좋아하고 있다.

이제야 비로소 나는 광화문 교보문고 건물 글 판 위에 새겨졌던 안도현 시인의 시구를 이해한다.

낙엽이 지거든 물어보십시오. 사랑은 왜 낮은 곳에 있는지를.

05

활처럼 구부려
내 아이의 심장을 쏴라

　행복을 찾아 떠나온 시골이었지만 처음부터 좋았던 건 아니다. 갯벌에서 캐온 조개로 끓인 된장찌개를 한 술 뜨다가도 가족과 친구들이 그리워 울컥할 때가 있었고, 열린 화원 같은 마을길을 걷다가도 투명 유리벽의 카페가 즐비한 신사동 가로수길이 그리워질 때가 있었다. 5일 장에 나가 전국에서 제일 맛있다는 순대집 앞에 줄을 섰다가도 강남의 모 백화점 지하 식품매장에서 파는 구수한 바게트 빵이 먹고 싶어 고속도로를 내달렸던 적도 있었다. 그럴 때마다 또 변덕이다, 또 발작이다 했다.

처음엔 희망을 찾아 송두리째 삶을 옮겨온 시골이 우리가 생각하는 그런 곳이 아니었구나하며 후회를 하기도 했다. 낯선 환경은 그대로가 외로움이기 때문이었다. 무엇보다 감당하기 힘들었던 건, 나를 의심에 찬 눈으로 바라보는 사람들에게 적응하는 일이었다. 사람들은 마치 마당을 나온 암탉을 바라보듯 의혹의 시선을 겨누었다. 부모님의 도움을 받아 전원주택을 짓는 동안 시골마을 한 사찰에 잠시 머물렀었는데, 일부에서 쏟아진 외면과 경계의 시선을 나는 지금도 상처로 기억한다.

'도대체 뼛속까지 서울 여자처럼 보이는 여자가 시골엔 왜 왔을까?'
'있어야 할 애들아빠는 왜 안 보이는 걸까?'
'저 여자는 여기서 무얼 먹고 사는 걸까?'

이곳 사람들에게 나는 낯선 이방인이었고, 시골학교의 학생들에게 우리 아이들은 서울 촌놈들이었다. 순진한 시골 아이들을 바보 취급하던 멀국이로 인해 학부모들 앞에서 무릎을 꿇고 싹싹 빌었던 날도 있었고, 나와 다른 사람들과는 끊임없이 갈등과 마찰을 빚다가 폭행을 당한 적도 있었다.

처음의 장소에서 처음 만난 사람들과 소통의 문을 열어갈 키를 찾지 못한 나는 또 다시 떠나기 위해 여러 번 짐을 꾸렸다.

다시 서울로 돌아갈까? 이민을 갈까? 아님 아무도 찾지 못할 지옥으로 갈까?

주변을 신경 쓰지 않고 내 식대로의 삶을 살겠다고 정착한 곳이 시골이었다면 번지수를 잘 못 찾은 거였다. 아름다운 자연이 펼쳐진 풍경처럼 시골은 그런 곳이 아니었으니까.

내가 내 식대로의 삶을 원하듯 그들은 저마다 제 식대로의 삶을 희망했다. 제 식대로 살아가는 사람들 사이에서 내 식을 고집하며 살아갈 수 있는 방법은 딱 하나, 까칠한 가시에 싸인 밤송이가 되는 거였다.

왜 사람들과 부딪히는지, 왜 적이 생기는 건지, 어떻게 피해야 하는 건지, 어디로 숨어야 하는지를 몰랐던 나와 아이들은(특히 멀국이가 그랬다) 하얀 속마음을 가시껍데기 안에 꽁꽁 싼 밤송이처럼 까칠한 채로, 뻐딱한 채로, 마음의 문을 닫아버렸다.

시골로 모여든 사농공상, 남녀노소와 함께 모여 한 솥밥을 먹었던 사찰 생활에 적응을 못하고, 십 대 소녀처럼 울며불며 갈피를 못 잡던 나를 잡아 주신 분은 사찰의 큰스님이셨다.

큰스님께서는 내게 무소의 뿔처럼 혼자서 가라고 일러 주셨다. 원시불교 경전 수타니파타에서 말하듯 소리에 놀라지 않는 사자처럼, 그물에 걸리지 않는 바람처럼, 진흙에 더럽히지 않는 연꽃처럼, 무소의 뿔처럼 혼자서 가라고.

큰스님께서는 시골이라고 만만하게 보지 말 것과 봉사활동이나 허드렛일을 자처하면서 이웃과의 소통을 이어갈 것, 시골이기에 할 수 있는 일을 찾으라고 당부하셨다. 실제로 효도잔치, 김장봉사활동, 템플스테이션, 창작 뮤지컬 공연, 어르신 자서전 쓰기 등 산더미 같은 일들을 내 앞에 쏟아 부어주시기도 했다. 그리고는 붓을 들어 한지에 '활(弓)'자를 그려주셨다.

"어떤 일을 하든지 활처럼 구부린 채로 임하십시오."

이 말씀은 힘껏 구부려서 상대의 마음을 움직이란 말씀이셨다. 큰스님의 말씀은 백번 천 번 맞는 말씀이었지만 그렇게 살아 온 적이 없던 내가 갑자기 '활(弓)'로 살아간다는 건 쉬운 일이 아니었다. 그때까지만 해도 나는 구부리면 밟히는 줄 알았으니까. 낯선 아이들 사이에서 왕따를 당하던 우리 멀국이와 엄껌이가 구부리면 지는 줄 알았으니까.

이방인인 나의 일거수일투족을 cctv처럼 감시하던 사람들 앞에 나는 자랑인 냥 그저 가시만을 드러냈다. 아이들에게 문제가 생길 때마다 새로운 도피처를 찾았고, 나를 시기 질투하는 사람들 앞에서는 과장된 몸짓으로 답답할 거 없는 사람처럼 굴었고, 이곳이 먹고 살기 위한 삶의 터전인 사람들 앞에서 마치 휴양지에 놀러온 사람인 냥 헛과시를 부렸다.

지금 생각해보면 그들에게 있어 나란 사람, 참 밥맛이었을 게다. 사실은 답답해서 온 거였는데... 나도 답답한 게 많은 사람이었는데... 사실은 나도 이곳에서 먹고 살기 위한 일을 찾아야 했고, 삶의 터전으로 삼을 기회를 마련해야 했는데 말이다. 그 때는 몰랐다. 어떻게 하면 활처럼 구부려 사람들의 심장에 큐피트의 화살을 꽂을 수 있는 건지를.

도무지 구부려지지 않는 마음을 안고 어떻게 하면 활이 될 수 있는 거냐고 여쭐 때마다 큰스님께서는 자연의 모습을 교과서로 펼쳐 보여주셨다.

"자연은 어느 것 하나 구부리지 않은 것이 없습니다. 굽이굽이 흐르는 계곡의 물소리에도 귀를 기울여 보십시오."

그랬다. 시야에 펼쳐진 자연은 모두 둥글게 둥글게 어우러져 잘 살아가고 있었다.

해안도로를 달려 이른 대천 앞바다는 이와이 도시오의 동화 '바다 100층짜리 집'처럼 다양한 바다 속 풍경을 품고 있었고, 시야에 펼쳐진 성주산 또한 결코 어우러져 살아갈 수 없는 온갖 종류의 산짐승들을 한 몸에 품고 있었다. 자연의 품은 이것저것을 품고도 계절의 부활을 거듭하고 있었다. 결코 알 수도, 짐작할 수도 없는 생명체를 품고, 한 번도 멈춘 적 없이 위용을 드러내는 자연은 정말로 위대했다. 몽테뉴의 말대로 착한 안내자이자, 현명하고, 선량하고, 공정했다.

하지만 인간인 내가 활처럼 구부리기에는 단단하게 굳어있는 것들이 너무 많았다. 내 생각, 내 고집, 내 관념 등 십 수 년의 시간에 걸쳐 내 것으로 고정된 것들이 말이다. 더 이상 새로운 것들과 조율할 균형감각마저 잃어버린 것 같기도 했다.

몇 년은 갈팡질팡, 몇 년은 두문불출, 또 몇 년은 어영부영, 그렇게 8년을 어름어름 자연에 묻혀 살다보니 이제야 지혜의 숲을 지나 생기의 강을 건널 용기가 조금씩 생겨나고 있는 것 같기도 하다. 이젠 나와 다른 사람들과의 대화도 어렵지 않고, 직업에는 귀천이 없으며 무슨 일을 하더라도 빌어먹는 것 보다 벌어먹는 게 낫다는 생각에 생소한 노동의 현장에서 아르바이트를 하기도 한다.

'신의 창들을 관조하는 자는 따분하지 않다. 그는 행복하다.'라는 체코 속담처럼 신이 열어 주신 자연을 음미하는 사이 시간은 참 빠르고 행복하게 지나갔다. 타인을 이해하려는 노력을 멈추지 않은 채, 시골 학교 엄마들 사이에서는 왕 푼수 학부형으로, 마을에서는 어르신들의 이야기를 잘 들어 주는 화통한 작가 선생님이 되어있으니 문득문득 울컥울컥 할 때도 있다.

무엇보다 감동적인 건 아이들의 심장에 화살을 꽂아 생채기를 내던 엄마인 내가 이젠 활처럼 구부릴 수 있게 되었다는 거다. 멀국이는 점점 머리가 커가는 자신들의 기를 꺾지 못 해서 엄마인 내가 꼼

짝 못하는 거라고 하는데 모르는 소리다. 지들 키우느라 울분의 롤로 코스트 타기를 반복하다보니 내공이 쌓인 거다.

이제는 빈둥빈둥 스마트 폰만 쥐고 있어도 욕을 퍼붓지 않는다. 멋 부리고 나가서 하루 종일 돌아다니다 들어와도 뭐했냐고 묻지 않는다. 휴일 날 해가 중천에 뜨도록 늦잠을 자도 깨우지 않는다. 이 또한 멀국이는 귀찮아서 방관하는 거라 하는데, 그것 또한 모르는 소리다. 지들 키우며 도 닦다 보니 법칙 하나를 깨달은 거다.

아들 녀석들은 어디로 튈지 모르는 청개구리의 속성이 매우 강하기 때문에, 가만히 내버려 두는 것이 어쩌면 가장 사람답게 만들 수 있는 현명한 교육법일 수 있다는 것을.

시골 하늘 아래에 둥지를 튼 후, 자연에게서 이거 하나 보고 배운 거다. 산에 우거진 이름 모를 나무들이 주인 없이도 무럭무럭 자라듯 모든 만물은 '스스로'를 매우 좋아한다는 것을.

스스로의 공법으로 생명을 완성시켜 가는 자연처럼 모든 만물엔 다 때가 있다는 것을.

06

거리를 두고
소유하라

지금은 기숙사를 나와 집에서 통학을 하고 있지만, 멀국인 고2 중간고사가 끝나기 전까지 기숙사 생활을 했었다. 멀국이가 진학한 고등학교는 집에서 자동차로 36번 국도를 20km나 달려야 갈 수 있는 곳이기 때문에 우리 마을에서 그 학교에 다니는 대부분의 아이들은 기숙사 생활을 하고 있다.

기숙사 생활을 했던 멀국이의 일상은 빈틈이 없었다. 아침 6시에 기상해서 운동장 두 바퀴를 뛰고, 아침 식사를 마친 후 수업을 시작한다. 하루의 모든 수업이 끝나면 저녁 식사를 하고, 잠깐의 휴식을 가진 후 야간 자율학습에 임한다. 야자를 마친 후 기숙사 방장인 멀국이는 룸 메이트들의 입소를 체크한 후 사감 선생님께 보고를 하고, 그제야 씻고 빨래를 돌린다.

가끔은 '줄닭'(사감 몰래 치킨을 배달시킨 후, 창 아래로 줄을 내려 돈을 건네고, 그 줄에 치킨을 끌어 올려서 먹는 문화)을 하다가 걸려서 벌점을 받은 이야기, 야간 자율 학습 시간에 자리를 옮겼다가 선생님으로부터 쫓겨난 이야기, 까불다가 선배들에게 딱밤을 맞은 이야기, 성적이 내려가거나 올라간 이야기 등 멀국이는 여자 친구에 관한 이야기만 빼고 자신의 일상을 엄마인 내게 카톡으로 알렸다.

아이들의 넋을 빼앗던 텔레토비만이 내게 꿈 같은 휴식을 허락했던 시절이 엊그제 같은데 벌써 세월이 지나 멀국이는 기숙사에서 제 옷마저도 스스로 세탁해 입을 수 있는 열여덟 살이 된 것이다.

신학기가 지나면서 매주 가져오던 빨랫감을 더 이상 가져오지 않았을 때, 나는 빨랫감만큼은 집으로 가져오라며 녀석을 다그쳤었다. 집안일이라면 원래 아이들을 잘 시켜 먹는 편이었지만, 기숙사에서 지내는 아들에게 빨래만큼은 시키고 싶지 않았다. 일단 빨래를 하면서 공부할 시간을 빼앗기는 게 싫었고, 속옷과 양말을 섞어 빨 것도, 우리 애의 빨래가 다른 아이들의 것과 뒤섞일 것도, 흰 교복의 때가 깨끗이 지워지지 않을 것도 불안했다. 보나마나 빤한 일이기 때문이었다.

끈질긴 부탁에도 불구하고 빨랫감을 집으로 가져 오지 않았던 멀국이는 13일의 짧은 여름방학을 맞이하자 트렁크 하나에 빨랫감을 한가득 넣어 가지고 집으로 돌아왔다. 트렁크를 열자 코를 아리는 아재 냄새가 진동을 해 이내 코를 막고 말았다. 쨍쨍한 볕 아래 소독은 필수인 듯 했다. 오전에 잠시 외출을 했던 나는 빨래를 하기 위해 일찍 돌아 왔다. 그런데 이게 웬일인가. 내가 만든 적 없던 빨랫줄에 내가 한 적 없던 빨래가 마치 내가 한 듯 분리 세탁되어 펄럭이고 있던 게 아닌가.

햇살을 머금은 수건은 새것인 듯 빛났다. 게다가 바람에 나풀거리며 익숙한 섬유유연제 향까지 품어 내고 있었다. 연락도 없이 서울에서 엄마가 오셨나, 하며 현관문을 열었다. 눈을 씻고 찾아도 엄마의 흔적은 없었고, 인기척에 인사를 하러 나온 멀국이가 빙그레 웃고 있었다.

"엄마, 내가 이불 빨래를 했는데 널 때가 없어서 빨래대 하나 만들었어. 마당 곳곳을 뒤졌더니 바지랑대로 쓸 만한 게 하나 있더라고."

그리고 마당으로 나온 멀국이는 바싹 마른 수건을 걷고, 그 자리에 막 정지된 세탁기에서 꺼낸 이불을 툭툭 털어 널었다. 다음 날엔 반바지만, 그 다음 날엔 흰 셔츠들만, 분리 세탁된 빨래를 멀국이는 마치 한 여름 땡볕에 걸맞은 작품인 냥 전시해 나갔다. 그렇게 멀국인 조금씩 빈방 구석에 밀어 놓았던 빨랫감을 모조리 해치웠다.

빨래가 널려 있던 내내 나는 오랫동안 땡볕 아래에 서서 지금껏 내가 본 중 가장 아름다운 창작물을 감상할 수 있었다. 눈물이 쏟아질 만큼 빛이 났던 빨래를 바라보며 아들의 노동을 소유하려 했던 과잉된 모성에 박박 비누칠을 했다. 화폭에 난을 치듯 제 모습을 갖추어 스스로 뻗어가는 아들 앞에 '노심초사'는 오히려 방해였음을 뉘우쳤다. 하마터면 엄마란 자의 방해로 이 기가 막힌 창작물을 잃을 뻔했음에 아찔함마저 느꼈다.

어쩌면 나는 아이들이 마땅히 해야 하며, 얼마든지 잘 할 수 있는 가사 분담과 노동까지도 소유하려 했는지 모르겠다. '내 손'으로 직접 하지 않으면 '내 성'에 안 차 '내'가 못 견뎠던 '쟤들' 일이었던 것을. 그러면서 힘들어 죽겠다고, 힘든데 알아주지도 않는다고 아이들에게 짜증은 또 얼마나 부렸던지.

이제는 내가 빨래를 해 주지 않아도, 아침마다 생과일주스를 갈아 주지 않아도, 매일매일 집 밥을 먹이지 않아도, 녀석은 마땅히 해야 할 일들을 잘 해 낼 수 있을 만큼 성장했다.

누군가 그랬다. 교육의 목적은 자녀를 잘 끼고 사는 데 있는 게 아니라 자녀를 잘 떼어내는 데 있는 거라고. 그런 면에서 봤을 때 나는 교육의 목적에 잘 도달한 셈이다.

꿀팁 하나를 전하자면 집안일은 어릴 때부터 마구마구 부려먹어야 한다는 것이다. 독박육아의 부담을 덜기 위해 나는 일찍부터 녀석들에게 집안일을 시켜왔다. 물론 성에 차지는 않지만, 그래도 자주 시켜 먹고 있다. 설거지는 기본이고, 라면 끓이기, 마늘 까기, 감자 깎기, 빨래 널기부터 시작해 강아지 목욕, 배변 치우기, 청소기 돌리기까지.

엄마의 보살핌을 받지 않고도 마치 따뜻한 보살핌을 받는 아이처럼 기숙사 생활을 잘 해 온 멀국이는 2학년 중간고사를 치른 후, 공부량을 늘리기 위해 자진퇴사를 했다. 퇴사를 하던 날 짐을 챙기기 위해 학교에 갔더니 사감 선생님께서 내 생의 최고의 말씀을 전하시더라.

"우리 멀국이가 아주 밝고 건강하게 잘 컸습니다."

멀국이를 학교에 보낸 이래 처음 들어 본 말이었다. 아들이 중학교를 졸업할 때까지 칭찬은커녕 선생님들로부터 험담만 들었던 엄마의 움츠린 마음을 공작의 날개처럼 활짝 펼쳤던 순간이었다. 선생님께서는 멀국이가 교우관계 뿐 아니라 모든 생활 태도에서도 두루두루 모범을 보이고 있다고 하셨다. 원래 그런 애가 아니었는데 더 이상 언행을 조심하지 않으면 자신이 외로워질 수 있다는 사실을 안 모양이었다.

이러한 기대 밖의 변화들이 믿어지지 않는 가운데 나는 가끔씩 도시에서 친하게 지냈던 열혈맘인 친구들과 전화통화를 한다. 해외 유학과 사교육 열풍의 선두에 선 친구들은 도시에서의 내 삶이 지나온 광경 -그녀들과 공유했던 열혈맘의 극성까지- 을 모두 지켜보았던 내 삶의 산증인이기도 하다.

그런 그녀들이 의아한 듯 묻는다.

"그 깡촌에서 잘 지고는 있는 거니?"

"어, 너무 잘 지내."

나는 '너무' 잘 지낸다는 말을 스스럼없이 내뱉는다. 정말로 너무 잘 지내고 있기 때문이다. 그런데 친구들은 얼마나 잘 지내면 '너무' 자가 튀어나오는 거냐면서 어처구니가 없다는 듯 비아냥거린다. 경쟁 사회에서 경쟁을 외면한 채 살아가는 주제에 어떻게 '너무 잘 지낼 수'가 있는 거냐며 질투를 느낀다는 친구도 있다.

그런데 솔직히 말하자면, 그 친구들의 세상을 안 보고 사니까 '너무' 살 거 같다. 그 친구들의 세상에서 빠져 나온 엄마의 아들이 된 내 아이들은 이제야 '너무' 잘 커주고 있다.

역시 아이를 키우는 방식뿐 아니라 사람이 살아가는 방식은 '각자의 것'이 가장 좋은 법이었다.

나는 가끔씩 멀국이가 널어놓은 빨래에서 '각자의 것'의 푸른 날갯짓을 바라본다. 한 번도 내 소유물이 된 적은 없지만 이제는 분명히 내 자리에서 떨어져 나간 아이들을 '거리를 두고 소유하는 것', 내가 좋아하는 말 중 하나, 메를로퐁티의 '거리를 두고 소유하는 것'을 말이다.

07

콤플렉스로부터
뻔뻔해 지기

멀국이는 한 번도 학급임원을 맡아 본 적이 없었다. 이유는 간단했다.

"쪽팔리고, 귀찮아!"

녀석은 귀찮다고 했지만, 내 아이에게 리더십이 부족하다는 사실을 인정하기까지 나는 깊은 한숨을 내쉬어야만 했다. 나는 언제나 학부모 임원을 도맡아 봉사활동을 해왔다. 그러나 녀석은 한부모 가정의 자녀이기 때문에 나서는 게 부끄럽고, 귀찮은 일이라고 했다. 멀국이의 말이 맞는지도 몰랐다. 당당할 것이 없는 사람들이 당당하게 나서는 일은 어찌 보면 몇 곱절의 용기가 필요한 일이었으니까.

임원에 의미를 부여했다고 하기보다는 봉사활동에 솔선수범하다 보면 자존감도 높아지고, 무엇보다 콤플렉스를 벗어나게 된다는 점에서 나는 멀국이와 엄껌이가 임원 선거에 적극성을 보여주기를 바랐다. 녀석들이 한부모 가정의 자녀라는 콤플렉스를 이기고 조금 더 뻔뻔해지기를 바랐던 거다. 콤플렉스로부터 벗어난 모습을 통해 친구들에게 용기와 희망을 주기도 바랐던 거다.

하지만 유난히 남들 앞에 나서기를 꺼려했던 멀국이의 입장을 이해하며 조금씩 느긋하게 적응을 해 온 건 시골에 내려와 스스로 꽃을 피우고, 열매를 맺는 자연의 공법을 대면하며 교육 매뉴얼을 바꾼 덕이었다.

'우리 아이도 때가 되면 스스로 꽃을 피우고 열매를 맺을 거야. 물과 양분을 주는 일만이 내가 할 일'

마침내 때가 온 모양이었다. 중3이 되자 멀국이가 전교 임원선거에 출마하겠다고 선언을 했다. 마치 숨어 있던 생쥐가 쥐구멍을 빠져 나온 듯 녀석이 도전을 결심한 데에는 꼭 한 가지 이유가 있었다. 쪽팔림과 귀차니즘을 떨쳐 버리고 겸손히 두 손을 모아 전교생 한 명 한

명의 손을 잡고 한 표를 구걸한데는 간절한 꼭 한 가지 이유가 있었다.

"전교 임원을 하면 입시 성적에 반영된데. 인문계 고등학교 진학해서 대학 가고 싶어."

하위권에 머물렀기에 일찍이 대학 진학을 포기했던 녀석이 원대한 포부를 갖고 제도에 순응할 줄은 꿈에도 생각지 못한 일이었다. 고교 입시로 이어졌던 선거는 마치 생존경쟁을 하듯 치열한 한 판 승부로 펼쳐졌다. 줄곧 학급임원을 맡아 온 후보자들 사이에 낀 멀국이의 모습은 더 이상 귀차니즘에 젖은 겁쟁이가 아니었다. 멀국이는 잠 자던 사자가 숲을 헤쳐 나온 듯 선거 운동이 펼쳐진 공간을 의욕에 차 가로질렀다. 예전 같으면 포스터를 만들고, 공약을 짜 주고, 선거 문구를 만들어 주었겠다만, 녀석이 원치 않았으므로 강 건너 불구경을 하듯 바라보기만 했다.

마침내 선거가 치러졌고, 압도적인 승리로 당선 되었다는 결과를 받았다. 전리품을 자랑하듯 임명장을 들고 온 멀국이는 하얀 얼굴 위로 환한 미소를 지어 보였다.

처음으로 우리 집에 멀국이의 임명장이 걸렸다. 내 눈에는 노오란 종이 한 장이 꼭 스스로 알을 깨고 나온 병아리의 여린 미소처럼 보였다. 우리 멀국이도 상처 입은 치유자로서의 몫을 당당히 해 나갈 것이라는 기대에 코끝이 찡해졌다.

임명장이 벽에 걸렸던 날 아침, 학교에 가는 멀국이의 어깨가 유난히 넓고 높게 보였다. 어깨 위로 살포시 내려앉은 아침 햇살과 함께 봄 길을 행진하는 멀국이를 바라보며 나는 처음으로 우렁차게 녀석의 이름 석 자를 불러 주었다.

"전교 부회장 홍멀국이! 학교 잘 다녀와라!"

녀석이 쑥스러운 듯 어서 들어가라 손짓을 했다.

P.S :

멀국이는 고등학교에 입학해서도 반장으로 선출이 되었다. 다선의 경험이 있는 친구와 박빙의 대결을 펼쳤다고 했다. 그런데 나는 멀국이가 반장이 된 것보다 반장으로 당선이 된 후, 경쟁자에게 나타냈던 마음에 더 큰 감동을 받았다. 멀국이는 만약 자신이 학급을 제대로 지키지 못한다면 누구보다 자신과 경쟁을 했던 친구가 가장 많이 아플 거라고 했다. 그 친구를 위해서라도 꼭 잘 하겠노라고. 멀국이가 생각하는 경쟁자는 어른들이 생각하는 그런 경쟁자가 아니었던 거다. 경쟁자이기 전에 진심으로 반을 위해 일하고 싶었던 친구, 진심으로 반을 걱정하는 친구라는 믿음이 더 컸던 거다. 나는 멀국이가 옥고를 경험한 나라님들보다 낫다고 생각했다. 그리고 우리 멀국이가 힘든 시간을 다 보냈구나 했다. 사람이 본디 상처가 있을 땐 숲을 바라보지 못하는 법이다.

짙고 드넓은 풍경이 눈에 들어오지 않으니 대자연의 법칙 또한 알리가 없을 테다. 따끔한 한 마디는커녕 함성에도 귀가 어두울 테다. 상처의 공간엔 '자신'밖에 없기 때문이다. 비로소 '치유의 공간'에 들어섰을 때 우리 멀국이처럼 '함께'를 맞이하는 거다. '상처 입은 치유자'는 '함께'를 다스린다. 그런 거다.

NEIGHBOR

이제야 **이웃**이 재밌다

01

어른들의 대화로
세상의 창을 여는 아이들

어른들은 아이들의 거울이란 말이 있다. 아이들은 어른들을 그대로 보고 배운다는 말이다. 어른들의 작은 행동이나 말투가 아이들에게 커다란 영향을 미친다는 것을 알면서도 부지불식간에 아무 말이나 내키는 대로 내뱉는 어른이 바로 나다. 말 한 번을 거르는 것이 말처럼 쉽게 되지가 않으니 말이다.

특히 어른들의 대화는 아이들에게 세상을 바라보는 창을 열어 주기도 하는데, 어른이라고는 나 하나 밖에 없는 집에 살다 보니 그 창을 여는 일에 대한 부담이 큰 편이다. 그래서 다양한 사람들의 이야기를 식탁 위로 끌어 올리며 스스로에게 까방권을 주고 있다.

간혹, 녀석들이 사람 사는 이야기에 적극적인 호기심을 보일 때가 있는데, 마치 한 편의 '인간극장'이나 '세상에 이런 일이'와 같은 삶의 풍경을 볼 때가 그렇다.

엄마, 저 할아버지는 어떻게 한 쪽 팔로만 농사를 지으셔?
엄마, 비닐 하우스 농사를 짓는 저 부부는 왜 맨날 싸우셔?
엄마, 저 목사님은 왜 스님이 되신 거야?
엄마, 저기 절엔 왜 많은 사람들이 모여 사는 거야?
엄마, 여긴 왜 베트남 아줌마들이랑 결혼한 이지씨들이 많은 거야?
엄마, 저 집 푸들은 왜 똥개가 된 거야?

어른들의 세상에 조금씩 발을 내딛으며 호기심으로 가득 찬 아이들은 세 살 아이처럼 엄마, 엄마를 부른다. 초롱한 눈빛에서는 엄마의 해설로 세상의 창을 열겠다는 의지마저 엿보인다. 간혹은 섣부른 견해로 옳고 그름을 따지기도 한다. 하지만 나는 내 아이들이 남의 말을 함부로 하거나 함부로 판단 짓기를 원하지 않는다. 그렇기에 좀처럼 아이들의 질문에 함부로 대답을 하지도 않는다.

소소한 이웃의 이야기를 전하는 것은 한 권의 책을 펼치는 일이자, 광활한 우주의 이치를 알려 주는 일이나 다름없기 때문이다.

저마다 '자기 앞의 생'을 살아가는 우리네 이야기 속엔 무수히 교차

하는 공통점들이 있기에 남의 이야기를 전하자고 마음을 먹었을 땐 애정을 담아 사려하고, 공감을 이끌어 전해야 한다. 적어도 사내아이들에게 전하는 말은 그래야 한다. 타인의 삶에 관대하고, 수다스럽지 않은 진중한 사내가 되어주길 바란다면 말이다.

나는 아이들이 물어오는 이웃의 이야기를 찾기 위해 우선 발품부터 팔고 본다. 다양한 삶의 이야기를 수집하는 건 신이 나고 즐거운 일이다. 이야기 속 주인공을 만나 차 한 잔을 나누고 밥 한 끼를 먹다 보면 속엣 말은 자연스럽게 쏟아지기 마련이다. 사람들의 대부분은 듣기 보다는 말하기를 좋아하고, 말을 하다보면 누구나 자신의 자랑거리나 속상한 이야기들을 쏟아낸다.

대부분 아이들이 찾는 답은 그들의 자랑이나 하소연 속에 있다. 그러니까 나는 말똥말똥 눈을 맞추어 그들의 말에 귀를 기울이기만 하면 되는 거다. 내 쪽의 리액션은 예, 아이고, 어머나, 정말요, 이정도의 맞장구면 충분하다. 그리고 주인공의 허락 하에 메모를 해 두거나 머릿속에 잘 입력 해 두었다가 그들의 고백을 아이들에게 전하면 그게 아이들이 묻는 이웃의 이야기에 대한 '대답'이 되는 거였다.

발품을 팔아 얻어 온 양식을 먹일 때처럼 귀동냥으로 얻은 이야기들을 아이들에게 전할 때 나는 무한한 충만감을 느낀다. 속내를 들여다보면 결코 소설과 다르지 않은 이웃의 이야기는 아이들에게 다양한 삶을 간접 경험케 하고, 어른들의 세계로 성큼성큼 나아가게 할 용기마저 심어 준다. 소설과도 같은 우리네 이야기가 중요한 이유를 이언 매큐언은 그의 장편소설 '속죄'에서 이렇게 말하기도 했다.

「사람을 불행에 빠뜨리는 것은 사악함과 음모만이 아니었다. 혼동과 오해, 그리고 무엇보다도 다른 사람들 역시 우리 자신과 마찬가지로 살아 있는 똑같은 존재라는 단순한 진리를 이해하지 못하는 것이 불행을 부른다. 그리고 오직 소설 속에서만 타인의 마음속으로 들이가 모든 마음이 똑같이 소중하다는 사실을 보여줄 수 있었다. 이것이 소설이 지녀야 할 유일한 교훈이었다.」

이 말은 엄마가 아이들에게 타인의 이야기를 전할 때 갖추어야 할 진중한 태도에 대한 중요성을 설명하는 부분이기도 하다.

02

이웃의 이야기로
교훈을 전하다

Question 1. 저 할아버지는 한 쪽 팔로 어떻게 농사를 지으셔?

Answer : 오른손만으로도 농사를 잘 짓는 할아버지는 교통사고로 왼팔을 잃으셨는데 바람만 스쳐도 잘려나간 팔이 칼로 베인듯 아프시다는 구나. 잘려 나간 팔의 절단 부위에는 수많은 모세혈관들로 연결되어 있는데 팔의 절단과 함께 혈관이 잘리고, 혈류도 흐르지 않고, 그래서 24시간 내내 팔이 저리는 통증을 앓고 계신단다.

절단으로 인한 통증은 현대의학으로도 치료할 수 없는 불치의 고통이라는 판정을 받은 할아버지는 자신과 같은 절단장애자들을 위해 절망을 딛고 일어서야겠다고 생각하셨대.

현재 전국에 약 30여 명의 절단장애자들이 통증의 고통을 견뎌내고 있는데 할아버지는 꿋꿋하게 살아가는 모습으로 그들에게 희망 전도사가 되어야겠다고 결심하셨단다. 그리고 통증을 이기기 위해 농사일에 노력을 쏟아 붓기 시작하신 거란다. 농사에 몰입할 때만큼은 통증을 잊으신단다. 할아버지가 장애인이라는 사실도, 통증도, 미래에 대한 불안까지도 말이야. 할아버지는 몰입은 반드시 규칙적이면서도 목표가 있는 것이어야만 한다고 하셨다. 당신은 농사가 안겨주는 수확의 기쁨과 나눔의 즐거움을 목표로 삼고 계신다면서.

Question 2. 비닐하우스의 저 부부는 왜 맨날 싸우셔?

Answer : 원래 부부가 하루 종일 같이 붙어서 일을 하다보면 싸울 일이 많아지기 마련이다. 아줌마는 이쪽에 마늘을 심자고 하고, 아저씨는 저쪽에 양파를 심자고 하고. 여물지 않은 강낭콩이 아저씨는 아줌마 탓이라 하고, 아줌마는 아저씨 탓이라 하고. 아줌마는 술을 많이 마시는 아저씨가 불만이고, 아저씨는 반찬을 짜게 하는 아줌마가 불만이고, 뭐 그런 모양이다. 그러면서도 두 분은 해마다 비닐하우스 농사를 함께 지으시고, 많은 작물들을 거두어 생계를 꾸리신다. 그 이유에 대해서 아줌마는 아줌마가 할 수 없는 걸 아저씨는 잘 하시고, 아저씨가 모르는 건 아줌마가 잘 아시기 때문이라고 하셨다. 아마도 사랑의 새순을 가꾸고 보호하는 두 분만의 비닐하우스가 존재하는 거 같다.

하지만 나중에 너희들이 결혼을 하거든 부인이랑 하루 종일 같이 붙어서 하는 일은 하지 않았으면 좋겠다. 사랑의 유효기간은 3년이라고 한다. 그건 사랑을 하면 분출되는 천연 마약 성분과도 같은 페닐에틸아민(PEA)이 내성이 생기면서 감소하는 까닭이란다. 과학자들은 PEA의 지속기간을 3년이라 말하고, 혹자들은 콩깍지가 벗겨지는데 걸리는 시간이 3년이라 말하기도 한다.

페닐에틸아민(PEA)이 분비되는 최고의 연애감정에 도취되어 있을 땐 같이 있으면서도 보고 싶고, 살을 닿고 있으면서도 스킨십을 하고 싶은 황홀감에 젖어들지만, 본래 인간의 신체라는 게 동일한 대상과 오래 대면하다보면 지루함을 느끼게 된다고 한다. 신경세포가 그렇게 관장한단다. 부부싸움이 칼로 물 베기란 말도 있지만, 그래도 부부란 힘든 세상 함께 의지하기 위해 만난 인연이지 싸우기 위해서 만난 인연은 아니니까 PEA의 유효기간을 연장하기 위한 노력을 함께 해야겠다. 물론 PEA의 유효기간을 뛰어 넘는 사랑을 한다면 좋겠지만 말이다.

비록 엄마는 아빠와 싸움의 끝을 보았지만, 싸움의 끝을 보고난 후에야 그래도 세상엔 매우 보람찬 싸움 하나가 있다는 걸 알게 되었단다. 그건, 바로 누군가와 싸우려는 나 자신과 싸우는 일이었다.

Answer : 목스님(스님이 되신 목사님)은 너희도 알다시피 미국에서 목회활동을 하다가 오셨는데, 교회에서 해결하지 못한 자신의 문제를 극복하고자 출가를 결심하셨다고 한다. 그런데 곧 다시 절을 떠난다고 하시더구나. 이번에는 성당으로 가신다기에 엄마가 물었지. 도대체 문제가 뭐냐고. 목스님은 아주 시원하게 대답을 해주시더구나. '어떤 욕구'와의 싸움이라고. 구도자의 삶을 살면서 계율을 범하게 되는 '어떤 욕구'의 소용돌이로부터의 해방을 찾고 계신다면서 눈을 지그시 감으셨다.

길을 찾는 게 아니라 방황하는 것처럼 보였던 목스님께 엄마는 이런 말씀을 전해드렸단다. '어떤 욕구'라는 걸 참는 게 힘든거라면 성당이 아닌 속세로 귀환하시는 게 어떻겠냐고. 그랬더니 그 양반이 말씀하시길, 계율을 어긴 수치심을 안고 속세에서 살아가기엔 겁이 난다고 하시더구나. 그래서 예수님, 부처님, 성모마리아에게 매달려 있는 거라고.

세상의 잣대로 보았을 때 그 분은 순 엉터리 구도자였지만, 엄마의 눈엔 배가 고파 빵을 훔치고 죄책감에 사로잡혀 별이 지도록 펑펑 우는 고아처럼 보였단다. 엄마는 목스님과 대화를 나누는 내내 아우구스티누스의 '고백론'을 떠올렸다. 그리스의 철학자 아리스토텔레스는 '얇은 선으로 연결된다'고 했지만, 초대 그리스도교 교회가 낳은 위대한 철학가이자 르네상스 문화의 꽃을 피운 아우구스티누스는 최초의

자서전인 '고백론'에서 이렇게 말했다.

'인간의 지성과 앎은 선으로 직접 연결되지 않는다'고.

글쎄, 아리스토텔레스의 말도 맞고 아우구스티누스의 말도 맞는 거 같지만, 얼마나 알고 모르는지를 떠나 인간에겐 사랑만이 정답이란 생각을 했단다. 사랑이 결핍되면 욕구의 지배를 받기 마련인데 욕구는 어떤 이에게는 참으로 정직하게, 어떤 이에게는 조금은 부족하게, 또 어떤 이에게는 그대로 참을 수 있을 만큼 주어지기 마련이다. 목스님의 욕구는 참지 못할 만큼 정직했던 게지.

우리 기도하자, '어떤 욕구'란 게 부디 그 분의 삶을 망치지 않길!

Question 4. 저기 절엔 왜 많은 사람들이 모여 사는 거야?

Answer : 우리 마을 사찰엔 다른 사찰과 달리 많은 사람들이 모여 살고 있다. 그들은 대부분 3년 기도를 하는 중이라고 했는데, 자신들이 불가에 인연이 깊다는 것과 3년 기도가 끝나고 나면 바라는 모든 일들이 이루어 질 거라는 믿음을 간직하고 있었지. 그런데 가만히 지켜보니까 놀고먹는 사람들은 하나도 없는 듯하다. 밤새 철야기도를 하거나, 법문 공부를 하거나, 땀을 뻘뻘 흘리며 울력으로 시간을 보냈지. 그렇게 3년의 시간을 보내고 나면 세상에 나가 못 할 일이 어디 있을까 하는 생각이 들었을 만큼 말이다.

어느 수행자가 말하더구나. 기도란 우리가 하루를 잘 이긴 힘이라고. 무조건 기도만 하면 소원이 이루어진다고 하는 맹목적 믿음보다 훨씬 좋은 말이었기에 엄마도 되새김을 해 보았다.

기도의 응답은 오늘 하루다. 돼지저금통에 매일 동전을 모으듯 잘 보낸 하루가 숭고하고 풍요로운 삶을 만들어 주는 거라고.

Question 5. 여긴 왜 다문화 가정이 많은 거야?

Answer : 시골이기에 다문화 가정이 흔한 건 아니다. 여기는 워낙 인구가 적은 곳이다 보니 그들의 존재가 두드러져 보일 뿐 다문화 가정의 비율 중 절반 이상은 수도권에 거주한다.

다문화 가정이 많아 진 이유를 설명하자면 국내결혼의 문턱은 높아진 반면 국제결혼의 문턱은 낮아졌기 때문이란다. 한류 · 유학 · 여행 등으로 국제결혼이 증가하고 있는데다가 타국의 처녀들에게 요즘 한국총각들의 인기가 이만저만이 아니라고 하더구나. 아마도 한국 드라마의 영향이 아닐까 생각한다. 사실 드라마 속 남자 주인공들은 모두 비현실 속 인물들이지만, 다행히도 우리 마을에 사는 국제결

혼 커플들은 서로의 다름을 보듬어 가며 알콩달콩 잘 살아가고 있는
거 같더구나.

너희들이 결혼할 시기가 되었을 때 얼굴이 검거나, 파란 눈의 며느
릿감을 데리고 온다 해도 엄마는 o.k 다. 국경을 넘어선 사랑 앞에 그
무엇이 가로막을 수 있으랴.

무조건 클리어!

Question 6. 저 집 푸들은 왜 똥개가 된 거야?

Answer : 똥개가 된 푸들의 사연을 듣기 위해 엄마가 푸들 주인을
찾아 갔을 때, 당신 밥숟가락도 겨우 드실 만큼 연로한 할머니 한 분
이 똥개 집에다가 푸들을 키우고 계셨단다. 전혀 말귀를 못 알아 들
으셨기에 말씀은 한 마디도 나누지 못했지만, 소문에 의하면 죽은 손
자가 키우던 애견을 할머니가 거두어 키우시는 거라고 하더구나.

소문이 확실한 건지는 모르겠지만, 교훈 하나를 얻고 돌아왔단다.
푸들도 똥개 집에서 키우면 똥개가 된다는 거다.

머리부터 온 몸을 덮은 털이 헝클어진 채로 마을을 돌아다니는 푸
들을 바라볼 때마다 엄마는 입시제국에서 방황하는 아이들을 떠올린
단다. 그런 측면에서 봤을 때, 이곳에 온 너희들은 제 집을 잘 찾은 셈

이지. 공부하기 싫어하는 너희들에게 공부를 부추기는 '학원이 없는 곳'이니 그렇고, 평수로 부의 수준을 나누는 '아파트가 없는 곳'이니 또 그렇고, 아빠의 직업으로 신분을 정하는 '차별이 없는 곳'이니 더 그렇고, 또 너희들이 가장 싫어하는 경쟁의 삶을 강요하는 '승자 독식이 없는 곳'이니 더더욱 그렇고 말이다.

아무리 생각해도 우리의 서울 엑소더스 작전은 두루두루 성공한 셈인 거 같다.

우린 '우리 앞의 생'을 참 잘 살아가고 있는 거야.

엄마는 왜
안 참았냐고?

❶ 조강지처클럽의 주인공 앞집 할머니

'조강지처클럽'은 수 년 전, 울 엄마와 엄껌이가 본방사수에 목숨을 걸었던 드라마이다. '조강지처클럽'이라는 드라마에 대해 간략히 소개를 하자면, 조강지처가 있는 가운데 첩과 함께 살아가는 아버지 한심한과 붕어빵 아들들이 펼치는 콩가루 가족의 이야기로 반전에 반전을 더하는 배우들의 호연이 돋보였던 작품이었다. 인기 드라마의 전형처럼 막장 불륜을 과장했지만 결국엔 복수로 응수하는 부인네들의 통쾌한 활약을 통해 엄껌이에게 인과응보의 공식을 머릿속에 쏙쏙 심어 주었던 드라마이기도 했다. 그런데 몇 년 전 엄껌이가 느닷 없는 질문 하나를 던졌다.

"엄마 우리 앞집은 조강지처클럽이에요?"

"갑자기 왜 그런..."

"외할머니랑 엄마가 하시는 말씀 들었어요."

애들 앞에서는 정말로 말조심을 했어야 했는데, 울 엄마랑 내가 또 말실수를 저지르고 말았다. 특유의 붙임성과 부지런함을 발휘해 이 곳에 오실 때마다 마을 구석 구석을 안방 누비듯 하시는 울 엄마는 우리 마을 소식을 나보다 더 많이 꿰뚫고 계신다. 몇 년을 이웃하고 살았음에도 불구하고 몰랐던 앞집 이야기를 엄마가 그 집 할머니로부터 직접 듣고 오셨던 날, 내 귀에 쏙닥쏙닥하신 걸 애가 들었던 모양이다.

우리 앞집 사정에 대해 간략히 소개를 하자면, 본가에는 조강지처 할머니가 시어머니를 모시고 살고 있으며, 그곳으로부터 500미터 쯤 떨어진 곳에서는 할아버지와 작은 할머니의 살림집이 있다. 할아버지에게 있어 이 두 공간은 서로를 침범하지 않는 두 여인이 머물고 있음으로써 자유롭게 오갈 수 있는 큰 집과 작은 집으로 존재한다.

한 마디로 다시 정리를 하자면, 우리 앞집 할아버지는 두 집 살림을 하고 계신다. 할아버지가 작은 할머니와 잠든 사이 조강지처 할머니는 시어머니께 저녁을 지어 드리고 잠자리를 보살펴 드린 후, 초저녁부터 꿈나라에 드신다. 그리고는 새벽같이 일어나 작은 할머니 댁에서 내려 온 할아버지와 함께 농사를 지으신다. 가끔은 작은 할머니도 나와 일손을 도우신다. 일손 뿐 아니라 시장도, 외식도, 한의원도 세 분이 함께 다니신다. 어떤 때 보면 세 분은 혼자 가면 죽고, 함께 가야 산다는 신념으로 똘똘 뭉친 분들 같기도 하다.

우리 이웃집 조강지처클럽에서는 누가 좋은 사람이고, 누가 나쁜 사람이라고 할 거 없이 해질녘까지 세 분이 함께 논밭을 일구시며, 보통의 사람들로선 쉽게 이해할 수 없는 한 편의 드라마를 펼쳐가고 계신다. 드라마와 같은 이 분들의 삶을 엄껌이에게 설명할 길이 막연했다.

"어른들 하는 말 엿듣고 그러지 마."

곤란하면 무조건 애들은 저쪽 가서 놀아, 하는 엿장수 식 드립도 안 통했다. 엄껌인 끈질기게 질문의 끈을 놓지 않았다.

"그런데 큰 할머니는 화도 안 나시나 봐요? 할아버지가 작은 할머니랑…"

"아니 얘 좀 봐, 네가 뭘 안다고 큰 할머니, 작은 할머니니?"

중학생 밖에 안 된 녀석이 뭘 알기에 큰 할머니, 작은 할머니를 운운한 건지, 헛웃음이 다 지어졌다. 심지어는 내가 이웃을 잘 못 만났나 하는 생각마저 들었다.

"키가 작아서 작은 할머니고, 키가 커서 큰 할머니고... 뭐가 틀렸나요?"

순수한 건지 말을 돌리는 건지, 아무튼 당해 먹을 수가 없는 녀석이었다.

"엄마, 그런데 큰 할머니는 왜 이혼 안하시는 거예요? 저러시면 원래 이혼해야 하는 거 아닌가요?"

애가 어려서부터 '조강지처클럽'뿐 아니라 '아내의 유혹'과 같은 막장 드라마에 심취하더니 이혼을 식은 죽 먹기로 생각하는 모양이었다. 가정환경 탓도 있겠다, 생각하니 잡초가 뒤엉킨 마당을 바라보는 것처럼 마음이 어수선해졌다. 드라마 식 삼단논법으로 아이가 딜레마에 빠지게 되는 건 아닌지. 나는 그만 꿀 먹은 벙어리가 되고 말았다. 녀석에게 이웃집 조강지처클럽의 사유를 어떻게 이해시켜야 하는 건지, 고민에 휩싸이고 만 것이다.

무언가에 호기심을 갖는 아이에게 충분한 설명을 늘어놓는 습관은 자식을 아끼며 사랑하는 나만의 방식이기도 했다.

그날 이후, 나는 그 집 어르신들의 삶을 자세히 엿보기 시작했다. 아니 관심을 갖기 시작했다. 큰 할머니와 대화할 시점도 엿보았고, 할아버지의 매력도 유심히 살폈다.

솔직히 할아버지를 볼 때마다 두 여인을 거느린 족장이 떠올라 좀 무서웠다. 할아버지의 피부 톤이 검은 탓도 있었지만, 황무지를 개척하시듯 논과 밭을 활보하시는 모습에서 왠지 원초적 야성이 느껴졌다. 게다가 장작을 패기 위해 도끼를 잡은 할아버지의 모습은 정말이지 범상치가 않았다.

해마다 초가을이 되면 할아버지의 도끼질로 탄생한 겨울철 뗄감용 장작이 정교한 패턴으로 쌓여 그 댁 앞을 장식하는데, 마치 설치미술품을 구경하는 냥 나는 사진을 찍기 위해 가까이 다가갔다가도 할아버지만 나타나시면 곧 도망을 치곤했다. 할아버지의 무뚝뚝한 표정 때문이었다.

항상 무뚝뚝한 표정인 할아버지는 한 번도 내 인사에 웃음을 지어 주신 적이 없었다. 울 애들이 인사를 했을 때에도 마찬가지였다. 아무리 살인미소를 지어 인사를 전해도 반응은 언제나 '무표정'이셨다. 울 아버지가 할아버지네 소나무 장작을 주어다가 의자를 만들었을 때에도 할아버지는 무표정이셨고, 그 댁 밭에서 깻잎, 상추, 고추, 가지, 토마토 등을 몰래 따다가 걸렸을 때에도 번번이 무표정이셨다. 심지어는 우리 집을 방문했던 손님들이 그 댁 마늘 밭이 주차장인 줄 알고 여러 번 깔아뭉갰을 때에도 화난 얼굴이 아닌 무표정으로 일관하셨다.

나는 할아버지의 무표정이 조강지처클럽의 주인공으로 현대를 살아가는 어른의 부끄러움, 혹은 미안함일 수도 있겠다는 생각을 했다.

❷ 조강지처들의 18번, 나 하나만 참으면

나는 인터뷰를 시도하기 위해 틈틈이 기회를 엿보았다. 큰 할머니는 어떤 마음이실까? 솔직히 할머니는 왜 이혼을 안 하신 건지, 엄껨이만큼이나 나도 궁금했다. 솔직히 이혼에 쫄지 않았던 나는 충분한 이혼 사유가 있는데도 참고 사는 사람들을 보면 의아하기도, 인내심에 질투심이 나기도 했다.

큰 할머니의 첫인상은 조강지처의 전형인 북한 여장교와도 같은 모습이지만, 가끔씩 나를 향해 각시는 누구셔유? 하고 간지러운 농담을 건네실 때면 애교가 철철 넘치신다. 하얀 이를 드러내 웃음을 지어 보이시는 큰 할머니는 누가 봐도 사랑스런 여인이시다.

작은 할머니와 마주 앉아 꽁냥꽁냥 깨를 터는 할아버지와 그곳으로부터 열 발자국 쯤 떨어진 배추밭에서 흙을 고르시는 큰 할머니의 모습을 그림으로 그려 제목을 붙인다면 딱 '남남'이 맞았다.

나 같으면 모난 돌멩이 하나를 마치 실수로 그런 듯 할아버지를 향해 던지고는 시치미를 뗐겠다마는 아무래도 질투의 화신인 헤라가 피해간 지구상의 한 사람이 바로 큰 할머니인 모양이었다.

큰 할머니는 '이렇게 산 세월이 어디 하루 이틀이랴' 하는 표정을 짓고 앉아서는 꽁냥꽁냥하는 두 분을 투명인간 취급 하신다. 그럴 때 보면 진정한 웅녀의 후손 같기도, 심리전의 고수인 조강지처 포스가 넘쳐나는 것 같기도 하다.

어찌 보면 큰 할머니는 울화병을 다스리기 위해 하루 종일 흙 속에 파묻혀 호미질을 하고 계시는 건지도 몰랐다. 나도 가끔씩 흙에 파묻히다보면 자연스럽게 성찰의 시간에 이를 때가 있었으니까. 씨앗을 뿌리고 싹이 자라는 모습을 지켜보는 일만큼 인간의 마음을 차분히 가라앉히는 일도 없었으니까.

'나는 까칠하게 살기로 했다'의 저자이자 정신과 전문의인 양창순 박사도 스트레스를 다스리는데 가장 효과적인 일은 창조적이고, 생산적인 활동의 몰입이라고 했다. 그렇게 큰 할머니가 키운 콩잎 위에 맺힌 이슬방울이나 배춧잎에 뚫린 벌레 먹은 구멍들조차 예사롭게 보이지 않았던 건 한 맺힌 눈물과 가슴의 상처로 보인 까닭이었다.

내가 만약 큰 할머니의 딸이었더라면 영화 '친정엄마'의 딸 지숙이처럼 울부짖었을 거다.

"엄마, 아빠랑 살지 마, 이혼 혀!"

언젠가 기회가 주어진다면 정말로 꼭 한번은 여쭙고 싶었다.

"왜 참고 사세요?"

드디어 큰 할머니와 대화의 기회가 찾아왔다. 저녁을 먹기 전, 산책로로 향하기 위해 집 밖으로 나온 날이었다. 할머니는 밭일을 마치셨는지 하루 종일 흙 속에 담갔던 목장갑을 벗어내고 계셨디.

"저녁 않고 어디 가남?"

"산책 다녀와서 먹으려고요. 우리 할머니, 오늘도 고생 많았네."

나는 반말을 건넸지만 존경심을 가득 담아 어깨를 주물러드렸다. 그랬더니 할머니는 빙그레 웃으며 나도 따라갈까? 하시고는 이미 산책로를 바라보고 계셨다. 나는 단숨에 할머니의 팔짱을 꼈다. 땀 냄새가 밴 옷에 감싸인 할머니의 팔뚝은 생각보다 가늘고 연약했다. 오른쪽으로는 은빛 갈대밭이요, 왼쪽으로는 황금빛 들판의 풍경을 바라보며 할머니와 처음으로 산책로를 함께 걸었다.

"할머니, 밥 좀 많이 잡셔요, 팔뚝이 이렇게 가늘어서 어디 밭일일 랑 하시겠어요?"

그렇게 서서히 대화를 시작하려는데 할머니께서 갑자기 "뱀이다!" 하시며 커다란 돌 하나를 순식간에 찾아 두 손으로 번쩍 들어 올리셨 다. 그러고는 흙길 위에 똬리를 튼 회색 뱀 한 마리의 몸채 위로 정확 하게 조준 투척하셨다. 소스라치게 놀란 나는 두 손으로 눈을 가리고 고개를 돌렸다. 등줄기에서는 이미 식은땀이 흐르고 있었다.

뱀을 봤을 땐 도망치는 게 인간으로서의 도리인 거다. 그러나 뱀과 맞장을 뜨고 계시는 할머니만 두고 혼자서 도망친다는 건 더더욱 도 리가 아닌 거였다.

할머니가 내려친 돌에 짓눌린 뱀의 주검은 황금빛 풍경의 낭만을 단숨에 집어 삼키고 말았다. 아울러 할머니와의 대화도 물거품이 되 고 말았다. 두 손으로 눈을 가리고 손가락 사이로 엿본 할머니는 여 섯 차례나 뱀에게 돌을 던져 확인 사살을 하신 후, 주검이 된 뱀을 나 뭇가지로 거두어 갈대밭으로 '휙' 내던지셨다. 지울 수 없는 장면을 목격한 나는 할머니를 향해 흐느끼며 여쭈었다.

"할머니! 물리시면 어쩌려고, 그냥 도망치시지 왜... 왜 그러셨어 요?"

그래, 나는 결국 여쭤 본거다. 왜 할아버지로부터 도망치시지 않은 거냐고. 힘이 풀린 손으로 내 어깨를 다독이시며 할머니가 말씀하셨다.

"저놈 독사여, 가을 뱀이 월매나 무서운 줄 알아? 겨울잠 자기 전에 영양보충 한다고 이것저것 다 물고, 잡아 삼켜는 거여. 내가 안 하면 사람들 물려 안 돼야."

내가 안 하면...

나 하나만 참으면 된다고 들렸던 그 말씀은 "왜 참고 사세요?" 에 대한 즉설이자, 우리 엄껌이에게 전할 답변이었다.

독사 앞에 보인 할머니의 용기, 무감각, 나 하나의 희생, 이것이 할머니께서 자기 앞의 생에 최선을 다해 살아가는 이유였던 거다.

나 하나만 참으면 된다는.

❸ 엄마는 왜 안 참았어?

큰 할머니와의 산책이 독사로 무산이 되었던 날 저녁, 나는 밥상 앞에 앉아 뱀 이야기를 꺼냈다. 김이 모락모락 피어오르는 잡곡밥과 시금치 된장국, 깍두기, 조기구이, 연근조림, 명란젓으로 차린 삼첩반

상으로 아이들의 배를 채우며 호기심도 채우겠다는 소명을 안고 옆집 큰 할머니와 뱀에 대한 이야기를 늘어 놓았다.

"그러니까 큰 할머니는 나 하나만 참으면 된다는 마음으로 힘들어도 참고 살아가시는 거였어."

이로써 나는 엄껌이의 궁금증에 정성껏 답변을 전했다고 생각했는데 갑자기 멀국이 녀석이 끼어 들어 죽창을 날리듯 돌직구를 던졌다.

"그런데 엄마는 왜 안 참았어? 우리가 있었는데 엄마는 왜 안 참았냐고?"

열여섯 살 아이의 눈에는 눈물이 그렁그렁 맺혀있었다. 앤 정말이지 고약할 때가 많았다. 가끔씩 내게 이혼에 대한 책임을 물었고, 나는 미안하다는 말로 위기를 넘겼다. 하지만 이혼을 했다고 해서 참을성 없는 엄마가 되는 건 억울했다. 참지 못한 대가로 주어진 고생을 나도 충분히 감내하는 중이었으니까. 경제적 손실이나 주변의 이목이 두려워 무늬만 부부인 채로 주변과 자신을 속이며 살아가는 사람들보다는 훨씬 정직한 선택을 했다는 나름의 소신도 있었으니까.

멀국아, 칼바람 같은 대가에 정면으로 맞서며 이 엄마 역시도 매 순간 순간을 잘 참으며 살아왔다!

그런데 밥을 먹다 말고, 눈물까지 글썽이던 멀국이 앞에서는 어떤 말도 해줄 수가 없었다. 수백 권의 책을 읽고, 수 천 개의 단어를 알고, 수많은 지식을 머리에 넣으며 살아왔지만, 엄마는 왜 안 참았냐고 따지는 아이 앞에서 나는 벙어리가 되고 만 것이다.

잠시의 침묵이 흐르는 사이 내 눈에도 눈물이 맺혔다. '제발 엄마 탓 그만 해!'라고 소리치고 싶었지만 외침보다 이웃집 이야기와 같은 설명이 필요한 듯 했다. 드디어 '엄마 앞의 생'을 펼칠 차례가 다가온 거였다.

타인의 삶에 관대하듯 엄마의 사유에도 귀를 기울여 줄 아이들이 란 믿음이... 이젠... 있었다.

❹ 두 아들에게 한 번쯤 편지로 써 주고 싶었던 '엄마 앞의 생'

엄마에겐 너희만이 햇살이었다

너희가 네 살, 다섯 살 때, 우리 가족이 중국행 비행기에 몸을 실었던 건, 보통의 가족들처럼 여행을 하기 위해서가 아니었단다. 중국을 향한 우리의 이주는 '반지의 제왕'의 난쟁이들과도 같은 긴 원정이었어. 마지막 희망을 파괴시킬지도 모르는 절대반지를 영원히 제거할 수 있는 불의 산을 향한 절박한 여행 말이다.

아빠의 사업 실패로 가정에 위기가 찾아 왔지만, 아빠와 엄마는 새로운 환경을 만나 다시 가정의 평화를 찾기 희망했단다. 사실은 개과

천선의 결심이 너희들 때문이었지만, 이제는 너희 때문이었다고 말하지 않겠다. 결국 우리는 이렇게 됐으니까.

유감스럽게도 우리의 원정은 곧 실패로 돌아가고 말았다.

우리의 원정엔 태양이 떠오르지 않았단다. 아마도 우리보다 더 태양이 절실한 사람들이 많았던 모양이다. 희망의 태양은 우리를 피해 먼 산으로 기울어 버렸으니까.

중국에서 식당을 운영하기 위해 상가 계약을 했던 아빠는 계약금을 번번이 사기 당했단다. 타국에서조차 고배를 마시며 연이어 융단폭격을 맞은 아빠는 마땅히 해야 할 일을 찾지 못하고 불안한 나날을 보내기 시작했다. 너희들이 유치원에 가고 나서도 잠만 잤으니까.

중국에 도착하자마자 엄마가 가장 먼저 한 건, 너희들이 탈 두 대의 자전거를 구입한 일과 그 자전거를 타고 너희들이 다닐 중국 유치원을 알아보는 일이었다. 유치원에 입학 후, 낯선 환경에 적응을 하지 못하고 너희들은 아침마다 울고불고 떼를 썼지만, 엄마가 너희를 품안에 끼고 육아에만 신경을 쓰기에는 상황이 매우 절박했단다. 엄마가 너희를 떼어놓느라 눈물 범벅이가 되었던 가운데에서도 아빠는 해가 중천에 뜰 때까지 잠을 잤고, 점심을 먹으라고 언성을 높여야 까치머리를 하고는 눈을 비비며 겨우 거실로 걸어 나왔어.

아빠가 옆에 있었어도 엄마는 늘 독박육아를 한다고 생각했는데, 그건 아빠에 대한 이해가 부족했기 때문이었던 거 같다. 아빠에 대한 이해가 부족한 상태로 아빠를 고운 시선으로 바라봐주지 않았을 상황에 대해서는, 엄마의 성질머리를 아는 너희가 더 잘 알거라 믿는다. 아빠는 그저 엄마의 눈치를 보며 묻지도 않은 말에 변명을 늘어놓았다.

"미안해, 새벽까지 이 생각 저 생각..."

여행 작가 오소희는 다니던 직장을 뛰쳐나와 절망의 백수시간을 보내던 스물여섯의 한 때, 누군가 자신에게 들려줬으면 좋을 뻔했다는 이야기를 소설 <해나가 있던 자리>에서 '마디의 엄마'가 되어 들려주었단다.

누구라도 자신의 '결'과 마찰이 일어나는 환경 속에 놓이면 무기력해지는 법이야. 작은 움직임에도 쓸리고 부딪히는 고통이 느껴지는데 어린 네가 어떻게 혼자 감당하겠니? 절대로 네 자신을 괴롭히지 마. 잠이 오면 잠을 자고 꿈이 찾아오면 꿈을 꾸렴. 외부의 결이 아니라, 네 안의 결을 느껴. 천천히.

엄마가 조금 더 일찍이 알았으면 좋았을 말이었다. 그 때 엄마는 지금보다 젊고 예뻤지만, 지금보다 훨씬 철이 없던 시절이었다. 그러니 마디 엄마의 마음으로 아빠를 보듬어주기엔 이해와 자비가 턱 없이 부족했던 거지. 엄마의 사소한 말 한마디나 따가운 눈초리가 아빠는 장미의 가시에 찔린 듯 아팠겠지만, 엄마 역시도 공중부양에서의 낙하로 심각한 충격에 빠진 상태였단다. 아무것도 모르고 자전거를 타며 해님처럼 방긋 웃던 너희들의 모습만이 엄마에겐 빛이던 시간이었다.

고백하건데 엄마는 애정결핍 환자였다

엄마와 아빠는 아무래도 애정결핍환자였던 거 같다. 함께 고통을 느끼면서도 서로를 위로할 언어를 잃어갔으니까. 계속 되는 실패로 절망의 방에 갇힌 아빠와 엄마는 그저 원망과 미움만을 토해냈다. 아빠를 원망하는 일이 더 이상 부질없다는 생각이 들었을 때 엄마는 정신을 가다듬고 일자리를 찾아 나서기 시작했다. 지역 정보 신문을 뒤적이다가 마침내 한국인이 운영하는 피아노 학원에서 강사를 뽑는다는 구직광고를 보았고, 엄마는 멀국이 널 데리고 한 걸음에 달려갔다.

그 날 멀국이와 함께 면접을 보러 가는 길에 엄마는 돈을 벌게 되면 너희가 좋아하는 워터맨 장난감도 시리즈로 사주고, 상하이 디즈니랜드도 데려가겠다고 약속을 했다. 그런데 멀국인 넌 계속해서 "엄마 돈 벌러 가는데 나도 같이 따라다니면 안 돼?"라고만 물었지. 엄마는 그런 네 앞에서 계속 워터맨 장난감 노래만 불렀고 말이야.

아이들에게 피아노를 가르치는 일은 대학을 졸업하고 결혼 전까지 잡(job)으로 삼았던, 엄마가 가장 잘 할 수 있는 일이었단다. 드디어 찾아 온 타국에서의 행운에 엄마는 충만한 기대감을 갖고 학원 문을 열고 들어섰다. 그런데 머리가 땅에 닿을 듯 고개를 숙여 긴 부츠를 벗고 활기차게 허리를 폈을 때, 엄마의 생기 가득 했던 얼굴 위엔 금세 놀람이 번지고 말았다.

너희도 기억하듯 엄마를 맞이한 학원 원장님은 여자가 아닌 남자였으며, 두 손의 피아니스트가 아닌 두 손이 없는 장애인이었다. 피아니스트에게 손이 없다니! 놀란 엄마의 치맛자락을 붙잡고 멀국이넌 계속해서 엄마가 돈 벌러 가는데 따라가면 안 돼? 라고만 보챘지.

너희도 잘 아는 그 분은, 피아니스트가 아닌 전기공이셨단다. 한국에서 1급 전기기사로 일을 하다가 감전사고로 두 팔을 잃고, 중국으로 이주한 후, 유치원과 피아노학원을 설립하신 거였어. 젊은 조선족 여인과 결혼을 해서 슬하에 아들, 딸을 둔 멋진 가장이기도 했으며 한 개의 용감한 마음이 백 개의 손보다 낫다는 교훈을 전하는 산증인이기도 하셨다.

하지만 양손에 의수를 장착한 한국 남자와 젊은 조선족 여자의 결혼 이야기는 오랫동안 사람들의 입에 회자되었다. 하느님이 다 쓸데가 있어서 그 분의 팔을 가져가셨다는 얘기만 빼고, 사람들은 별별 이야기들을 다 지어냈으니까.

하나도 진실인 것이 없는 이야기들을 마치 진실인 것처럼 지어내는 사람들은 대체로 애정결핍환자들이 많은데, 그들의 가장 대표적인 특징은 '있는 그대로의 세상을 사랑하는 법'을 모른다는 거다.

모르기 때문에 깜깜한 거지. 눈도, 귀도, 생각도.

참고로 엄마도 애정결핍환자였다는 고백은 부끄럽지만 해 두는 게 좋을 거 같다. 이것 또한 '엄마 앞의 생'의 한 부분이니까.

경험자로서 말 하건데, 애정결핍환자가 바라보는 세상은 온통 암흑으로 가득 차 있어서 어두움을 좋아하는 것들과 잘 어울리기 마련이란다. 이를테면 부정적인 생각, 뒷담화, 진실 왜곡, 의심, 과대망상, 피해의식 등 우리를 파멸로 이끄는 것들이지만, 다행히도 아낌없는 사랑을 주고받으면서 녹아 버리는 것들이기도 하단다.

하지만 사랑에 실패를 하게 되면 더 심각해지는 병이기 때문에 사랑을 시작하기보다는 어둠 밖으로 나오려는 노력이 먼저 필요한 법이지. 어둠에 덮인 채로 누군가를 만나는 일보다 어둠으로부터 빠져나오는 일이 더 중요하다는 말이다.

두 팔을 잃은 원장님이 중국으로 환경을 옮기신 건 좋은 예라고 할 수 있지. 지금의 우리가 이곳 향천리 마을로 이주한 것도 그렇고 말이야.

원장님 댁 가정이 15년이 지난 지금까지도 변함없이 견고한 집을 짓고 있다는 소식을 들었을 때, 엄마는 그들의 국제결혼이 단순히 금슬을 잇기 위한 화합이 아닌 서로의 '절실함'으로 맺어진 최선의 사랑이었다는 것을 알게 되었단다.

서로의 절실함으로 맺어진 사랑은 응급환자끼리 장기를 주고받는 것 같은 '생명연장행위'라는 것도.

알고 보니 누군가의 도움이 아니면 혼자서는 온전함이 불가능했던 원장님은 본능적으로 상대의 절실함을 꿰뚫는 능력이 탁월한 분이셨단다. 엄마의 절실함을 꿰뚫었던 그 분은 마치 엄마의 도움이 절실한 냥 함께 일해 주기를 간곡히 부탁하셨고, 멀국이 너의 절실한 마음을 아시는 냥 너희를 데리고 다녀도 된다는 승낙을 해 주셨단다.

마침내 최고의 일자리를 얻게 된 엄마는 정말 열심히 해 볼 생각이었다. 그런데 마지막 순간, 원장님이 보수에 관한 이야기를 꺼냈을 때 '이건 사기야!'하며 신음과도 같은 속엣 말을 외쳤단다. 한 달 급여가 2000위웬화(당시 한화 26만 원) 밖에 안 된다고 했던 말은 운명의 여신이 엄마에게 또 한 번의 체념을 부탁하는 포박처럼 들렸으니까.

당시로부터 13여 년 전, 엄마는 피아노를 가르치며 매달 수백만 원의 돈을 벌었단다. 그러니 급여가 26만 원 밖에 안 된다는 말은 국제봉사를 하라는 부탁으로 들렸을 수밖에. 그 돈으로 입에 풀칠은커녕 워터맨 장난감을 시리즈로 구입하거나, 상하이 디즈니랜드를 가는 건 꿈도 꿀 수 없는 일이었어. 그렇지만 엄마는 즉시 예, 잘 해 보겠습니다, 라고 대답하며 고개를 숙였다. 엄마의 손을 꼭 잡고 있던 멀국이 널 데리고 다닐 수 있는 일터는 그곳뿐이기 때문이었단다. 그리고 그 때는 그거라도 벌어야 너희들과 입에 풀칠을 할 수 있었던 매우 절박한 때였다.

이러려고 결혼했나

부부에게 위기가 찾아 왔다는 건 신께서 극복하라고 던져 준 선물이라고 하더구나. 하지만 엄마는 위기가 찾아 올 때마다 아빠에게 싸움을 걸었단다. 어쩌면 아빠가 엄마의 아픈 마음을 알아주기를 바라는 이상행동이었는지도 모르겠다.

피아노 학원에서 돌아 온 날에도 엄마는 아빠와 한바탕 쌈질을 치렀단다. 물론 엄마가 먼저 건 싸움이었다.

처음으로 심한 육두문자와 고성을 주고받은 싸움이었을 거다, 아마도. 엄마를 중국까지 데려와 졸지에 몸값을 26만 원짜리로 낮추어 버린 것에 대한 분노이자 응징이었다.

"거짓말쟁이, 사기꾼!"

"이기적인 여편네, 공주병 환자!"

"개XX!"

"개X!"

너희에겐 정말로 부끄럽고 미안한 말이지만, 아빠와 엄마는 아무래도 싸움박질을 하기 위해 맺어진 인연이었던 모양이다. 투견의 눈과 투견의 머리를 마주한 우리는 싸울 때만큼은 진짜로 개XX가 되고 개X이 되었으니까.

아빠가 하는 말에 엄마는 귀를 막고 하고 싶은 말들 만을 토해냈었지. 이상한 건 시원하기는커녕 오물을 삼킨 듯 오히려 숨통이 막혔다는 거다.

영혼까지 오물로 뒤덮은 내 자신을 발견했을 때엔 내가 이러려고 결혼했나, 하는 자괴감마저 파고들었단다.

한참을 씩씩거리다 너희의 방문을 열었는데, 아주 절망적인 장면을 목격하고 말았다. 멀국이는 장난감 칼을 허공에 휘두르고 있었고, 엄껌이는 아무 말 없이 벽에 낙서를 하고 있었다. 평소 같으면 엄마를 보고 달려왔을 너희가 엄마를 보고도 모른 척 칼싸움과 벽에 낙서만...

빨간 크레용을 들고 벽에 줄을 긋던 네 살 엄껌이의 뒷모습은 아직도 엄마의 눈에 선명하게 남아 있단다. 엄껌이는 멀국이를 낳고, 22개월 만에 엄마가 딸을 기대하며 낳은 딸보다도 더 예쁘게 생긴 아들이었다. 기저귀도 겨우 뗀 아이가 엄마와 아빠의 고성에 귀가 먹은 듯 벽에 빨간 줄을 긋던 모습은 전쟁과도 같은 세상을 외면하겠다는 의지를 세운 것처럼 무섭고, 단호해 보였다. 그 때 엄껌이가 입 속에 꽉 물고 있던 말을 엄마는 가슴으로 들을 수 있었단다.

"다... 시... 타!"

그 날의 싸움을 기억하는 너희는 언젠가 이렇게 말하기도 했지. 너희가 조금만 더 컸더라면 아빠와 엄마의 싸움을 강력하게 말렸을 거라고.

너희는 안타까워했지만 엄마는 오히려 너희가 어렸던 걸 다행히라고 생각했다. 너희가 중재자가 되어 우리가 헤어지지 않았던들 엄마와 아빠는 행복했을까.

외할아버지, 외할머니께서는 지금 매우 모범적인 황혼기를 보내고 계시지만 엄마가 어릴 적엔 비교적 다툼이 잦은 편이셨다. 불화를 극복하려는 힘겨운 노력과 행복한 순간의 조각보를 이어 그럭저럭 보기 좋게 완성된 지금의 일가를 이루셨지만, 아직까지도 엄마 뇌의 해마에 보관 중인 어릴 적 부모님의 싸움 장면만큼은 쉽게 지워지지가 않는구나.

그 때 엄껌이의 뒷모습을 본 엄마의 머릿속에 다섯 살 적 기억이 선명하게 되살아났다. 할아버지와 한바탕 싸움을 하신 후, 집을 나갔던 할머니를 찾기 위해 호두나무로 만든 마룻바닥이 패이도록 동동 뛰며 울었던 엄마의 어릴 적 기억이 폭격기처럼 머리 위를 스쳤지.

어느 뇌 전문의는 나쁜 기억이 우리를 괴롭히는 이유에 대해 '아직 해결 안 된 미완료 상태'이기 때문이라고 했다. 뇌는 나쁜 기억을 예의주시하게 되고, 기억의 되먹임시스템 안에 나쁜 기억을 계속 올려놓는다고. 마치 초밥을 파는 일식집의 회전판 위에 음식이 빠지면 다시 채워지듯 말이다. 그는 이 문제를 해결하기 위해 나쁜 기억이 완전히 해결된 미래의 나를 떠올리라고 했다. 자신의 한계를 뛰어 넘으라고. <왜 나쁜 기억은 자꾸 생각나는가 - 김재현 저> 중에서.

이렇게 멋진 말을 몰랐던 엄마는 부모님의 싸움과 첫사랑에 덴 나쁜 기억을 안고, 남녀관계에 대한 신뢰가 무너진 상태로 결혼을 했던 거다.

때로는 최악의 선택이 최선의 선택이기도 하다

계속되는 싸움으로 인해 너희에게 나쁜 기억을 유산으로 물려주고 싶지가 않았던 엄마는 더 이상은 너희 앞에서 싸우는 모습을 보여주지 않겠다고 다짐했다. 그리고 다음 날 저녁, 술이라면 한 방울도 입에 대지 못하는 아빠에게 위스키를 따랐지.

엄마는 아빠에게 꼭 한 번 술 한 잔을 따라주고 싶었다. 그 날이 절실한 부탁 하나를 전하기 위한 날이었다는 건 매우 유감스러운 일이었지만 말이다.

"한국으로 돌아가 주라. 당신 혼자!"

지금은 너희가 엄마를 이해해준다니 고맙지만, 불과 몇 년 전까지만 해도 멀국이 넌 종종 엄마가 최악의 선택을 한 거라고 원망했었어.

하지만 때로는 최악의 선택이 최선의 선택이 될 때가 있단다. 헤어지는 게 같이 있는 것 보다 나을 때가 그렇다. 그건 타인이 규정한 최선과의 역행이 우리에게는 안전지대로 여겨질 때가 그렇고, 내 옆에서 산소 결핍으로 죽어가는 그의 절박함을 눈치 챘을 때가 그렇다. 그리고 결별만이 '생명연장행위'라는 판정을 내렸을 때가 그렇고, '그'라는 존재가 욕심이나 허영의 의미로 조차도 느껴지지 않을 때가 그렇다.

그러니 앞집 큰 할머니와 엄마의 참을성을 비교하는 일은 없었으면 좋겠다. 엄마에겐 최선과 최악을 구분 지을 용기가 있고, 큰 할머니에겐 뱀을 때려잡을 용기가 있듯 저마다 자신의 몫 만큼을 감당하며 최선을 다해 살아가고 있으니까.

하지만 아들들아, 대부분의 여자들은 뱀을 보면 도망을 친다는 점을 꼭 기억하길 바란다. 요즘 여자들, '나 하나만 참으면 되지' 안 한다는 소리다.

아빠가 한국으로 돌아간 이후, 우리에게 더 이상 부부싸움의 기회
는 찾아오지 않았다. 위스키를 따른 그 날이 아내로서 아빠와 한 집
에서 보낸 마지막 시간일 줄 알았더라면 조금 더 비싼 재료로 안주를
만들어 줄 걸, 조금 더 따뜻한 미소를 지어줄 걸, 조금 더 일찍 일어나
배웅을 해 줄 걸, 시간이 지날수록 '조금 더, 조금 더'가 계속 머릿속
에 맴돌더구나.

그리고 가끔 생각한다. 술을 따르지 않았더라면...

돌이켜 생각하건데 우리의 원정은 결코 헛되지 않았던 게 분명하
다. 싸움으로 얼룩진 원망과 미움을 불태운 '불의 산'을 찾은 듯 엄마
와 아빠는 헤어진 후 잘 살아가고 있으니까.
엄마의 생은 왜 최악의 선택 후에나 소각이 가능해지는 건지, 엄마
를 지키는 신은 참 유머러스한 분이시란 생각을 한다.
엄마가 좋아하는 영화 심리학자 심영섭이 말했듯 웨딩케이크가 세
상에서 가장 위험한 음식인 줄을 조금 더 일찍 알았더라면 미움이나
원망 같은 장식은 미리미리 태우며 살걸 그랬구나, 하는 생각도... 하
지만 후회는 없다. 아빠와 엄마는 이미 각자의 길을 잘 가고 있으니
까.

그리고 이젠 차례가 됐는지 엄마에게도 태양이 떠올랐단다. 머리 위에 동그랗게 떠오른 태양은 과거의 진물을 바짝 말리고 매일매일 제법 안정적인 오늘을 선물한다.

태양이 떠오를 날을 기다리다 맞이하는, 또 맞이했다가도 보내줘야 하는... 이것이 엄마가 '자기 앞의 생'에 최선을 다해 살아가는 이유란다.

내 편지를 다 읽은 후, 멀국이가 물었다.

"그런데 자기 앞의 생이 뭐야?"

나는 말했다.

자기 앞의 생이란 '저마다의 사유'를 말하는 거라고.

저마다의 삶에 주어진 고통을 견디는 방법... 저마다의 때와 순간을 맞이하는 모습... 저마다 실수에 대한 변명... 이러한 것들을 저마다 웃고 울며 쏟아 내는 회고(回顧)인 거라고.

이제야
엄마가
재밌다

SUFFERING

이제야 **고난이 재밌다**

01

그 엄마의
그 아들

엄껌이는 단점이 2개라면 장점이 10개라서 2개인 단점이 좀처럼 드러나지 않는 녀석이다. 남들이 홍역처럼 앓는다는 사춘기를 르네상스처럼 지났으며 학교에서 사고를 쳐서 엄마를 불려가게 하는 일도 없었다. 17년을 녀석과 함께 지내는 동안 좀처럼 고성이 오가는 법도 없었는데, 이는 뭘 해도 고운 녀석이어서가 아니라 뭘 해도 고운 짓만 하는 녀석, 유리처럼 깨지기 쉬운 녀석이어서가 아니라 유리처럼 맑은 녀석이라서 그랬다.

성품이 땀직한 녀석은 마음 한 가운데에 마치 두터운 법전이 있는 듯 불의 앞에서 정당한 주장을 펼치기 두려워하지 않았으며, 그러면서도 서분서분 말을 아끼는 녀석이었다. 나는 이 아이의 입에서 타인의 존엄을 무너뜨리는 말이나 욕설이 튀어 나온 걸 한 번도 들어 본 적이 없었고, 폭력성은 더더욱 엿보지 못했다.

일명 '복세편살(복잡한 세상 편하게 살자)'을 추구하며 순풍에 돛단 듯 삶을 유유자적 살아가는 울 엄껌이는 태어 날 때에도 분만실에 들어가자마자 20분 만에 '쑴풍' 태어나 줬던 아들이었다. 게다가 좀처럼 감정의 기복도 없고 분노조절 능력도 뛰어 난 편이다.

한 가지 더 자랑을 하자면, 심심할 때마다 게임을 하는 대신 혼자 독학으로 배운 기타를 연주하며 노래를 부르는데, 그 모습을 보고 있노라면 나는 주체할 수 없는 감동과 포만감을 느낀다.

우리 엄껌이를 보고 있노라면 노래가 절로 나온다.

너는 나의 봄이다.

그러나 옛 어르신들의 말씀대로 자식 키우는 사람 절대 큰 소리 못 치는 법이다. 드디어 녀석의 반란이 시작된 것이다. 이게 다 기타 때문이었다. 게임보다야 낫겠다만 뭐든지 과유불급이라고 엄껌이는 기타 때문에 '공포자'가 되고 말았다.

성적도 줄곧 상위권에서 맴돌던 녀석이 하필이면 중3때부터 기타를 잡기 시작해서는 고교 입학마저 간당간당한 상황이 되고 말았다. 기타리스트 정성하의 팬이었던 엄껌이는 하루종일 그의 유튜브만 시

청했으며, 정성하 악보집을 수집하는데 열을 올렸을 뿐 아니라 콘서트마다 쫓아다니며 여기저기 사인의 흔적을 남겼다.

나보다 더 걱정이 크셨던 울 엄마가 엄껌이에게 말씀하셨다.

"그 놈의 기타가 뭣이 중헌디! 공부를 잘 해서 좋은 곳에 취직이 되어야 밥 먹고 사는 법이다!"

솔직히 그런 법 같은 건 없다. 반드시 좋은 곳에 취업이 되어야 밥을 먹고 산다는. 하지만 울 엄마 마음도 이해는 했다. 손자 녀석들이라도 잘 먹고 잘 살아야 혼자 사는 딸년이 늙어서라도 고생 안하고 편하게 살지, 하시며 한시도 마음을 놓지 못하신다는 걸.

다행히도 엄껌이는 가까스로 원하는 고등학교에 합격을 했고, 비가 부슬부슬 내리던 초겨울의 어느 날, 나는 신입생 오리엔테이션에 참석하기 위해 엄껌이와 함께 학교를 찾았다.

특전사와 같은 제복을 말끔히 갖추어 입고, 까만 구두를 반짝이며 우리를 안내하던 재학생들의 모습은 참가한 학부모와 학생들의 시선을 한 눈에 사로잡았다. 게다가 엄격하기로 유명한 마네킹 군기는 과히 명불허전이었다.

마이스터고등학교 중에서도 엄격한 교칙으로 유명한 G학교는 전자 분야인 SMT 기술 명장을 양성하는 곳으로 인성과 예절교육을 중요시하며, 새벽운동과 토익시험과 자격증 취득을 위해 3년을 혹독하게 보내야만 하는 학교였다. 게다가 주말까지 핸드폰 사용이 금지되었고, 학부모는 학교 교칙에 전혀 간섭하지 않겠다는 각서를 제출해야했다. 이러한 학교에 입학한다는 건 나처럼 대학입시를 중요히 여기지 않는 학부모들에겐 반가운 일이 아닐 수 없었다.

나는 입학 설명회 장을 빠져 나오며 이미 대기업에 취업이 되었다는 재학생에게 물었다.

"이 학교에 오신 걸 후회한 적은 없나요?"

내가 왜 이런 질문을 했는지는 모르겠다. 혹독한 교칙을 엄껌이가 잘 적응할 수 있을 지 내심 걱정이 되었던 모양이다. 그랬더니 그 학생이 솔직히 대답해 주더라.

"예, 저는 또 다시 선택을 하라 해도 마이스터고등학교에 진학을 할 겁니다. 요즘은 서울대를 나온다 해도 취업이 어려우니까요. 하지만 이 학교는 선택하지 않을 겁니다. 너무 빡셉니다."

재학생의 말을 듣고 한참동안 시무룩하던 엄껌이가 이윽고 폭탄선언을 하고 말았다.

"엄마, 저 이 학교 안 갈래요!"

이럴 줄 알았다. 우리 엄껌이는 복세편살의 주인공이었으니까. 그래도 엄껌이가 이렇게나 빨리 변덕을 부릴 줄은 몰랐다.

"왜?"

"이 학교에 다니면 기타는 못 하는 거잖아요. 나중에 후회나 원망을 하더라도, 그게 다른 사람이 아닌 저 때문이었으면 해요. 저는 매일매일 음악을 안 하면 안 될 거 같아요."

"그래, 너 참 고민 되겠다."

나는 더 이상 아무 말도 하지 않았다. 내게도 생각할 시간이 필요했다. 한참 동안 침묵한 채 국도를 달리다가 차를 멈추어 세웠다.

"엄껌아, 우리 밥 먹고 가자."

아침부터 겨울비가 내린 후 제법 쌀쌀했던 터라 뜨끈한 국물을 뜰 수 있는 갈비탕 집 앞에 차를 세웠다. 곧 갈비탕 두 그릇이 우리 앞에 놓였고, 나는 내 그릇에 있던 왕갈비 두 대를 녀석의 그릇 위에 올렸다.

"엄껌아, 이게 다 먹고 살자고 하는 일이다. 네가 뭘 하든 밥 세끼 못 먹고 살겠냐? 네가 정 기타를 하고 싶다면 내년에 예고에 한 번 도전해보자. 돈은 들겠지만 어떻게든 안 되겠냐. 엄마가 한 번 알아볼게."

녀석은 밥숟가락을 내려놓고 눈물을 훔쳤다.

"엄껌아, 사람 그냥 밥 세끼 먹고 살다 가는 거다. 대신 남의 밥 그릇 탐 내지 말고, 부러워하지도 말고, 설령 굶는다 해도 후회하지 말고, 네 선택에 책임지며 당당히 살면 되는 거다. 어서 밥 떠라."

이건 진심이었다. 왜냐하면 다 나를 닮아서 그러는 거였으니까. 엄껌이는 가난한 예술가의 길을 선택해 복세편살의 삶을 누가 뭐라 해도 당당하게 살아가는 그 엄마의 그 아들이었으니까.

내 새끼는 누가 뭐래도 나를 닮게 되어 있는 거다.
그러니까 애가 속을 썩이거든 내 모습을 먼저 돌아보면 되는 거다. 그 피(血) 어디 안 가더라. 그런데 부모들은 자신의 단점을 쏙 빼닮은 아이를 보면서 저거 누구 닮아서 저러냐, 하더라.
나도 그렇다. 나 게으른 건 고칠 생각조차 안하면서 애들 게으른 건 용서조차 안 한다. 나 머리 나쁜 건 어쩔 수 없다 하면서 애들 머리 나쁜 건, 절대 인정할 수 없다고 한다. 나 덜렁대는 건 그러려니 하면서 애들 산만한 건 꼭 따지고 넘어 간다.

이렇게 이기적인 인간으로 살다가는 녀석들에게 이기심도 물려주게 될 것이다.

그래서 요즘은 허허, 하려 한다.

맘대로 안 되는 아들을 보면서도 여전히 노래하려 한다.

너는 나의 봄이다.

02

자식을 향한 사랑에도
뼈를 깎는 노력이 필요하다

　고등학교에 입학하면서 철이 들기 전까지만 해도 멀국이는 '깐죽과 맞짱'의 대명사였다. 머리에 피도 안 마른 녀석이 '맞짱'을 뜰 때마다 상처를 받던 나는 '엄마도 상처 받는다'라는 책을 구입해 읽으며 얼마나 공감했는지 모른다.

　머리를 끄덕이며 구구절절 밑줄을 긋다보니 남세스러워서 누구에게도 빌려주지도 못할 정도가 되어 버리기도 했다. 이 책뿐이 아니라 내가 가진 수 십 여 권이 넘는 자녀 교육서들이 사실은 모두 이 녀석 때문에 구입한 책들이었다.

　'우윳빛깔 홍멀국'라는 별명을 가진 이 녀석, 얼굴은 허여멀건하게 생겨가지고 말투는 또 어찌나 거칠었는지, 애의 장기인 죽창드립으로 인해 엄마인 나를 붙잡고 울면서 호소하던 선생님들도 한 두 분이 아니셨다.

다른 누구보다 나와 절친이셨던 김 모 선생님께 실례를 범했을 땐, 정말이지 멀건 얼굴에 구정물 한바가지를 퍼 부어 주고 싶은 심정이었다.

중국 생활을 마치고 한국으로 돌아 온 녀석이 KICS 국제크리스천학교 초등학교 1학년에 다닐 때였다. 한날은 중국어 수업을 담당하셨던 김 선생님으로부터 연락이 왔다. 띠동갑이 넘는 나이 차이를 극복하고 두터운 친분을 쌓아 온 김 선생님과 나는 대화가 참 잘 통하는 사이였다. 우리는 멀리 떨어져 있어도 서로를 늘 그리워했고, 한참 만에 만났어도 조금 전에 헤어진 사람들처럼 깨알 같은 수다를 쏟아냈다.

그러나 그러한 우리 사이에도 '허심탄회가 허락되지 않는 DMZ'가 있었다. 바로 '아이들'에 관한 문제였다. 중국어를 가르치셨던 그 분은 우리 아이들에 관한 문제만큼은 맘 놓고 털어 놓지를 못하셨다. 보통의 다른 선생님들은 대놓고 말씀하셨고, 나는 대놓고 상처를 받곤 했지만, 독박육아 중인 엄마의 상심을 먼저 염려하셨던 그 분은 아이들의 문제에 관한한 늘 빙빙 돌리고, 비비 꼬셨던 터에 결국에는 무슨 말씀을 전하시고자 하는 건지 알아듣지 못할 때가 많았다.

그런 선생님께서 한날은 저음의 목소리로 멀국이에 대해서 할 말이 있다고 하셨다. 빈 교실에 나와 마주 앉은 선생님께서는 난처한 표정 위로 애써 웃음을 지어 보이셨다. 그리고 수업 시간에 있었던 멀국이의 만행에 대해 말씀해 주셨다.

선생님 : (꾀꼬리 같은 목소리로 두 팔을 활짝 펼치며) 여러분! 화창한
　　　　　봄이 왔지요.

아이들 : (떼창으로) 예에!

선생님 : 여러분, 오늘 신생님이 학교에 오는데, 길가에 핀 개나리꽃
　　　　　이 너무 예뻐서 물었어요. 개나리야, 개나리야, 너는 누가
　　　　　이렇게 예쁜 노란 옷을 입혀 주셨니? 그랬더니 개나리가 뭐
　　　　　라고 대답했을까요?

아이들 : (떼창으로) 하나님이요!

선생님 : (혼자서만 입을 다물고 있는 멀국이가 눈에 거슬렸지만 수
　　　　　업 분위기를 위해 활기찬 목소리로) 맞았어요. 하나님이 지
　　　　　어 주신 거예요. 또 선생님이 진달래에게도 물었어요. 진달래
　　　　　야, 진달래야 너는 누가 이렇게 예쁜 분홍 옷을 입혀 주셨니?
　　　　　그랬더니 진달래가 또 뭐라고 대답했을까요?

아이들 : (떼창으로) 하나님이요!

선생님 : (여전히 혼자서만 입을 다물고 있는 멀국이가 크게 거슬렸
　　　　　지만 애써 웃으며) 하하하 참 잘 했어요. 맞아요, 세상을 창

조하신 하나님께서는 개나리에게는 노란 옷을 진달래에게는 분홍 옷을 지어 주셨어요. 그리고 하나님께서는 여러분에게도...

멀　국 : (선생님의 말씀 도중에 끼어들어 손을 번쩍 들어 올리더니)
　　　　선생님, 질문 있는데요!

선생님 : 그래요, 멀국이, 말해보세요.

멀　국 : 그렇게 길가에 서서 꽃 보고 혼잣말 하실 때 지나가는 사람들이 선생님한테 이상한 사람이라고 안 했어요?

아이들 : (떼창으로) 깔깔깔깔!

선생님 : ~!@#$%·&*

나는 선생님께 거듭 죄송하다는 말씀을 드렸고, 그 날의 밥값을 지불했다. 그러나 학생들에게 인간의 존엄을 설명하시고자 했던 선생님의 존엄을 무너뜨렸던 녀석으로 인해 평생 동안 밥을 산다 해도 모자랄 만큼의 빚을 지게 되었다. 엄마로서 아이에게 예의범절을 제대로 가르치지 못한 마음의 빚이었다.

죄스러운 이야기는 이뿐이 아니었다. 중학교에 올라가 야간자율학습을 하던 멀국이는 감독을 하시던 사회 선생님에게 모르는 걸 물어 본답시고, 눈을 내리 깔고는 "선생님, 일루 좀 와 봐요."라고 손짓을 했다가 '일루 와 주신 선생님'께 야단을 맞고 온 사건도 있었다. 예의 없는 제자의 한 마디에 선생님의 존엄이 무너진 거다. 왜 그렇게 말한 거냐고 물었더니 녀석은 집에서 엄마한테 하던 말버릇이 습관이 되어서 그랬다고 대답을 했단다.

알고 보니 원흉은 못된 습관을 방치한 그 아이의 엄마인 나였던 것이다. 가정교육의 부재로 벌어진 이런 류의 사건들은 이밖에도 많았다.

또 장난은 얼마나 심했던가! 학교 기물을 파손해서 물어 준 적도 많았고, 심지어는 나와 원수처럼 지내던 엄마의 늦둥이 외동아들 앞니 두 대가 부러졌던 사건에 연루되어 수백만 원의 치료비를 물어 줬던 적도 있었다.

애들아빠와 헤어진 건, 고단한 인생을 청산하고 더 나은 인생을 살아보기 위해서였다. 조금 더 편안한 인생을 살아보자고 지붕을 뚫고 하이킥을 감행한 거였는데, 그를 똑 닮은 그의 아들 녀석이 그의 원한을 갚듯 만날 내 오장육부를 뒤집을 줄이야.

이 녀석으로 인해 오장육부가 뒤집어 질 때마다 펼쳐 본 전문 서적이나, 찾아 뵌 전문가들은 한 결 같이 부모로부터 충분히 받지 못한 애정결핍을 문제로 내세웠다. 어른이든 아이든 문제의 중심엔 항상 그 놈의 '애정결핍'이 등장했다.

또 전문가들은 아이의 내적 고통을 이해함으로써 아이가 어떤 잘못을 하더라고 수용해 주는 태도를 보여야 한다고 했고, 부모가 먼저 변해야 한다는 점을 강조했다.

하지만 이미 가슴에 화염이 뒤덮였을 때, '공자 왈, 맹자 왈'이 안 떠오르기 마련이다. 게다가 그 때만해도 아이를 향해 먼저 '왈왈' 거리는 게 정상적인 엄마의 기본자세라고 생각하던 터였다.

어느 날은 시험을 앞두고도 놀러 나가 깜깜무소식이던 녀석을 기다리다가 화가 난 나는 SNS에 이런 글을 올리기도 했다.

「내가 존경하는 장루슬로 시인은 말했다.

하늘의 선반 위로 제자리에 있지 않은 별을 보게 되거든
그럴만한 이유가 있을 것이라고 생각하라.
더 빨리 흐르라고 강물의 등을 떠밀지 말라,
풀과 돌, 새와 바람, 그리고 대지 위의 모든 것들처럼
강물은 나름대로 최선을 다하고 있는 것이다.
시계추에게 달의 얼굴을 가지고 있다고 말하지 말라.
너의 말이 그의 마음을 상하게 할 것이다.
그리고 너의 문제들을 가지고 너의 개들을 귀찮게 하지 말라.
그는 그만의 문제들을 가지고 있으니까.

장루슬로의 〈또 다른 충고들〉 중에서

나는 장루슬로 시인에게 묻고 싶다. 당장 내일이 시험인데 아침에 놀러나가 연락 한 통이 없는 멀국이 녀석에게도 아무소리를 말아야 하는 건가요. 새까맣게 타 들어 가는 내 속은 누가 알아주나요.」

이렇게 글을 올리고 나니 줄줄이 알사탕같은 댓글이 달리더라. 이상하게도 보물단지인 엄껌이의 이야기보다 애물단지인 멀국이의 이야기에 사람들은 더 열화와 같은 댓글을 달며 환호했다.

  - 엄마 속에서 홍어 삭히는 소리가 들리네. ㅋㅋㅋ 근데 왜케 귀엽냐.
  - 까르륵 그런데 난 왜 애가 귀엽지...

남의 속도 모르고 귀엽다고 하는 사람들에게 나는 이내 답글을 달았다.

  - 나도 미운오리새끼 귀엽다. 내 새끼 아니니까.

그런데 마지막으로 올라온 댓글이 장루슬로 시인의 답을 대신하는 듯 했다. 내가 상담을 받았던 선생님께서 써 주신 말씀이었다. 그 분의 댓글은 내가 받아 본 답장 중 가장 긴 글이었다.

  - 지혜 있는 분들의 말씀은 잘 응용하셔야 해요. 아무소리 말라는 건

분별하지 말라는 거예요. 누구나 어느 누군가에겐 분별의 대상이 되기 때문이죠. 예를 들어 도둑질을 한 사람에게 어느 누구도 도둑놈이라고 할 자격이 없다는 말입니다. 털어서 먼지 안 나는 사람 없으니까요. 단, 도둑놈을 벌할 수 있는 사람은 세상에 어머니 한 분뿐이랍니다. 어머니는 도둑질을 한 자식의 죄를 씻을 수만 있다면 손모가지 하나를 자르고도 남을 지구상의 단 한 사람이니까요.

아이가 잘못을 했다면 아무소리 말 것이 아니라 훈계를 해야 합니다. 단, 도둑질을 한 자식에게 이 도둑놈의 새끼야! 라고 하면 안 됩니다. 도둑놈인 자식을 변화시키기 위해서는 내 손모가지 하나를 자른다는 마음으로 꾹 참는 말, 따뜻한 사랑의 말을 전해야 해요.

멀국이 어머니께서도 멀국이가 들어오거든 내일이 시험인데 이 얼빠진 놈 같으니라고! 커서 뭐가 되려고 그러냐! 같은 욕설 말고, 우선 찬 물을 한 잔 들이키신 후 아이에게도 시원한 물을 한 컵 건네보세요. 실컷 놀다가 땀을 흘리고 들어 온 아이에게 어머니는 생명의 은인으로 비쳐질 겁니다.

마침내 그 물 한 잔이 아이의 잘못을 씻겨 참회의 눈물을 만들지요. 굳이 할 말을 다 퍼붓지 않아도 물 한잔에 어머니의 마음이 전해지는 것입니다. 이왕 생명의 은인이 되시기로 하셨으니 맛있는 영양 간식도 만들어 아이의 책상 위에 올려놓아 주세요. 아마 목이 메어 못 먹을 겁니다. 부모의 인내는 아이에게 가슴 깊은 뉘우침을 전합니다. 그렇게 아이는 변해가는 겁니다. 이것이 하루의 시험공부와 비교할 수 없는 큰 가치인 것입니다. 인생 시험의 해답은 '사랑' 뿐입니다.

p.s: 어머니에게 인생 공부를 시키는 멀국이가 저도 참 귀엽습니다. 이만 총총.

인생 시험의 해답은 '사랑'뿐.

받는 상처가 두렵고, 주는 사랑이 서툴기만 했던 니는 사랑은 '기부 천사들 만의 몫'이라고 생각했다. 날카로운 지적과 정죄와 비판은 올바른 훈육의 도구라 생각했고, 솔직히 사랑을 주는 일보다 꾸짖는 일이 훨씬 더 쉬웠다. 게다가 독박육아가 마치 독립운동이라도 되는 냥 공치사와 짜증은 또 얼마나 일삼았던지. 그것마저도 엄마의 사랑이라 여겨주길 바랐던 것이다. 독설을 퍼부으면서도 나중에 철이 들면 다 엄마 마음 알게 되는 법이라고 나 편한대로 생각했었다.

그러나 자녀교육이야 말로 꽁으로 먹는 게 아니더라. 정성껏 키우지 않으면 점점 시들어 죽어 버리는 화초처럼 아이들은 부모의 광포함을 견디거나 기다려 주지 않는 다는 것을 우리 멀국이가 일깨워 준 것이다.

우리 멀국이는 내게 인생 공부를 가르친 아들이었다. 언제 사고를 칠지 모르는 녀석 때문에 나는 학부모들 앞에서 할 말 한 번을 시원하게 내뱉지 못했고, 녀석으로 인해 철학 서적을 뒤졌고, 인간에겐 얼마든지 모양이 뒤바뀔 수 있다는 가능성이 있다는 걸 믿으며 기도 했다. 멀국이는 내게 종교이자, 철학 서적이자, 고난이도의 인간관계였던 것이다.

멀국이는 엄마인 나에게 자식을 향한 사랑조차 꿈으로 할 수 없다는 진리를 깨닫게 해 준 위대한 스승이었다.

무엇보다 멀국이 덕에 도를 닦다 보니 숭숭 구멍이 뚫렸던 내 마음의 헌 곳이 깨달음으로 메워지기 시작했다. 잦은 깨달음은 작은 실천을 가능케 했고, 조금씩 변화를 가져다 주었다.

어쩌면 지금껏 누구에게도 제대로 배운 적 없던 사랑을 아이들에게서 배운 거다.

사랑은 뼈를 깎는 노력 없이 나눌 수 없다는 것을.

03

내 아이는
ADHD가 아닙니다

시골로 오기 전 서울의 모 잡지사에서 근무를 하던 어느 날이었다. 그 날 역시 기사를 작성하느라 점심시간도 반납하고 자판을 두드리는 중이었다. 밥 대신 회사 앞 스타벅스에서 사 들고 온 카라멜마끼아또를 힘 주어 빨며 타락한 종교지도자를 신격화시키는 기사를 쓰고 있는데 오후 업무의 시작을 알리듯 전화 벨 소리가 크게 울렸다. 내 전화인 모양이었다. 경리가 내 이름을 호명하며 전화를 돌려주었다.

"네, 정글입니다."

"안녕하세요, 멀국이 담임입니다."

가슴이 철렁 내려앉았다. 좋은 일이 아닐 것이 분명했다. 담임선생님이 좋은 일을 알리기 위해 직장으로 전화를 했을 리는 없었을 테니까. 당시 멀국이의 산만한 학습 태도를 문제 삼았던 담임선생님은 계속해서 약물 처방을 강요했고, 나는 선생님이 제약회사로부터 뇌물을 받은 게 아닐까 하는 의심을 하기도 했었다.

"어머니의 핸드폰은 전원이 꺼져있네요, 그래서 회사로 전화를 드렸습니다."

약정 기간 3년이 도래하자 스마트 폰이 점점 스마트한 기능을 잃어가고 있었다. 전원이 꺼진 상태라면 그러한 이유 때문이었을 거다.
담임선생님은 멀국이의 문제로 상담을 원한다고 했다. 무슨 일이냐는 질문에 다짜고짜 빠른 시간 안에 학교로 오라는 말만을 남겼다.
전화기를 내려놓자마자 자리를 박차고 일어 선 나는 경리에게 잠깐 나갔다 오겠다는 말을 남기고는 황급히 뛰기 시작했다. 복도에서 만난 편집 디자이너가 호일에 싼 김밥을 건넸지만, 받아 쥐고도 고맙다는 인사조차 전하지 못했다.
계단을 두 서너 개씩 건너 뛰어 정문을 빠져나오다보니 쥐고 있던 스마트 폰을 떨어뜨려 깨 먹고 말았다. 액정이 거미줄처럼 번졌다.

그러나 아랑곳하지 않고 택시 타는 곳으로 향했다. 어차피 바꿀 핸드폰이었고 나는 몹시 다급했으니까.

짜식, 무슨 사고라도 친 걸까? 혹시 폭력을 휘둘렀다면 피해학생의 상태는 괜찮은 걸까? 아니면 도둑질이라도 한 걸까? 얼마 전 신문에서 본 불량학생들처럼 친구의 머리를 변기통에? 아니면 팔을 모기향으로?

우리 애가 그럴 리는 없었겠지만 뉴스나 신문기사에서 보아 온 별별 사건들이 머릿속을 휘감았다. 더욱 초조해진 나는 앞에 서 있던 아주머니 한 분을 밀치고 택시에 올랐다. 택시에 앉아 깨어진 핸드폰의 액정 위에 '애들아빠'란 이름을 써 내렸다. 애들 때문에 심장이 뛸 때마다 애들아빠가 생각났던 건, 지금도 그렇지만 그때는 더 그랬다. '이럴 때, 무조건 울 애의 편에 서 줄 애들아빠가 있었으면...' 하지만 먼 타국에서 새로운 가정을 꾸려 잘 살고 있는 그에게 국제전화를 걸어 하소연을 늘어놓고 싶지는 않았다. 그저 손을 모으고 기도를 하는 사이 택시가 우레탄이 깔린 학교 운동장 앞에 멈추어 섰다.

상담실은 담임선생님의 얼굴처럼 어두웠다. 우리가 주말 여행지로 선택했던 보령시 청라면의 작은 초등학교에서 본 교실과는 자못 대조적인 분위기였다. 커튼은 칙칙한 브라운칼라였고, 산세베리아 외에 파릇한 화분 하나가 눈에 띄지 않았다. 산세베리아의 꽃말은 '관용'이었는데, 관용이 메말라 비틀어 진 담임선생님과 산세베리아는 참으로 안 어울리는 식물이라고 생각했다. 담임선생님과의 상담이 끝나갈 무렵 내 마음엔 암막의 커튼 하나가 내려졌다.

다행히도 멀국이가 큰 사고를 친 건 아니었다. 담임선생님은 멀국이가 ADHD(주의력결핍 과잉행동장애)인 것 같다면서 또다시 신경정신과 상담을 권유했다. 결손가정의 아이들 대부분이 그런 편이라는 점을 특별히 강조하며 다음과 같은 사항을 또박또박 나열했는데, 가해자는 멀국이었고 피해자는 오로지 담임선생님 자신이었다.

"멀국이가 수업시간에 집중하지 않아서 제가 피곤합니다."
"멀국이가 관심을 끌려고 자꾸 엉뚱한 말과 행동을 하니 제 신경이 곤두섭니다."
"괴롭힘을 당한 아이의 엄마로부터 전화를 받을 때마다 제 입장이 곤란해집니다."
"야단을 칠 때에도 눈을 마주치지 않으니 제가 무시당하는 느낌을 받습니다."

한마디로 오만방자한 어린 건달 놈 하나 때문에 힘들어 죽겠다는 뜻을 전했다. 특히 병원에서 약물치료를 받고 차분해진 다른 아이들의 사례를 설명할 때는 정말이지 자리를 박차고 나오고 싶었다. 무엇보다 아버지의 사랑을 약물치료로 대신할 수 있다는 설명에 가슴이 못에 찔린 것처럼 아팠다.

아이가 문제를 일으키는 이유를 결손가정 탓만 하는 건 성급한 일반화의 오류였으며, 있는 힘을 다해 아이를 돌보고 있는 엄마에 대한 실례이기도 했다. 나름의 최선을 다하는 부모에게 가정환경을 탓할 자격은 그 어느 누구에게도 없었으니까.

심장 박동이 빨라졌고, 뒷목에 근육통이 느껴졌다. 아드레날린의 거친 파동이 순간 얼굴을 붉게 물들였다. 한 마디 퍼붓고 자퇴를 시킬까... 꾹 참고 졸업을 시킬까... 분노와 관용이 엇갈렸지만, 생활기록부에 평생 따라 붙을 '자퇴'라는 글자가 분노를 꾹꾹 억눌렀다.

일단 자존심을 구기고 죄송하다는 말만을 반복했다. 나는 그렇게 아들의 편인 엄마의 위치를 깨달아가는 중이었다. 하지만 고개를 숙여 인사를 하면서도 담임선생님에게 진심의 미안한 마음 같은 건 없었다. 속으로는 욕도 퍼부었다.

'오만방자한 건달 놈 하나도 감동시키지 못하는 교사 주제에!'

망아지처럼 뛰놀던 시골마을 학교의 아이들이 머릿속에 스쳤다. 그곳의 아이들처럼 자연을 날것인 채로 누린다면 우리 멀국이도 행복해질 수 있을까?

당장이라도 떠나고 싶었지만 삶을 송두리째 뽑지 않으면 옮겨 갈
수 없는 곳이었기에 분분히 고민만 하던 터였다. 하지만 고민을 끝내
리라, 주먹을 불끈 쥐었다. 주저하던 내게 담임선생님이 쇠뿔을 달구
어 당겨 준 셈이 되었던 것이다.

04

ADHD는
없다

담임선생님과 면담을 끝내고 망연자실에 빠진 나는 물에 빠진 솜
인형처럼 축 늘어져 집으로 돌아왔다. 이런 날은 멸국이가 조신하게
책상 앞에 앉아 숙제를 하고 있어야 했다. 이런 날은... 그랬으면... 했
다. 그러나 집에 이르렀을 때, 멸국이는 친구들과 컴퓨터 앞에 모여
앉아 게임을 하고 있었다. 껄렁해 보이던 친구들의 행색과 나의 보수
적 성향 사이엔 먼 거리감이 존재했다. 먼저 기침소리로 인기척을 알
리자 아이들이 후다닥 일어섰다. 아이들은 내게 인사를 했지만, 머리
에 단풍이 내려앉은 듯 붉고 노란 물을 들이고 눈동자에 총기라고는
일호도 없어 보이는 아이들에게서 나는 시선을 피했다. 게다가 바닥

에 팽개쳐진 아이들의 책가방을 보자 화가 머리끝까지 뻗쳤다. 마치 내가 원하는 자리에 있어야 할 물건들이 흩어져 있는 광경을 보는 냥 불쾌했다. 교양 있는 엄마의 위선조차 힘에 부쳤다. 화가 폭발했고, 결국 표독스럽게 쏘아 붙이고 말았다.

"저 폐품처럼 굴러다니는 가방들 좀 봐! 저 꼴이 다 뭐냐?"

천둥 같은 소리에 아이들이 참새 떼처럼 우르르 빠져나갔다. 화마가 덮친 공간엔 멀국이와 나만이 서로를 노린 채 서있었다.

"엄마는 무슨 어른이 그래?"

화등잔처럼 눈을 부릅뜬 멀국이는 담임선생님의 말대로 오만방자한 건달 놈 같았다. 사유 없는 행동 하나하나는 없다고 했다. 담임선생님에게 불려가지만 않았어도 나는 몽둥이를 찾으려 두리번거리지 않았을 거다. 이내 내 손에는 신발장에서 내린 옻칠이 칠해진 구두주걱이 쥐어있었다. 한 번도 쥐어 본 적 없던 훈육의 도구였다.

'딱딱' 소리가 인정사정없이 아이의 맨살과 닿았다. 멀국이는 비명을 지르는 대신 몽둥이를 잡으려 거칠게 저항을 했다. 그럴수록 손목의 힘이 더해졌다. 화마가 일으키는 바람을 따라 손목에 힘을 더하며 모든 희망의 닻을 내렸다. 절망적인 운명과 싸우듯 나는 아이의 살갗에 붉은 획을 더 세게 그었다.

"엄만 오늘도 일하다 말고 학교에 불려갔다 왔어. 환자도 아니고 이런 식으로 계속해서 엄마 끌고 학교 다닐 셈이야? 나도 이젠 지쳤다고!"

"엄마라는 사람이 아들이 환자인 것도 몰랐던 거야? 그래 나 환자 맞아! 영양실조 환자! 젓가락은 두 짝이 있어야 하는 거 아니야? 그런데 우리 집엔 한 짝 밖에 없잖아!"

나는 바닥에 철썩 주저앉고 말았다. 몽둥이는 힘없이 늘어진 손아귀에서 뚝 떨어져나갔다.

젓가락 한 짝, 영양실조 환자.

멀국이는 그동안 꾹꾹 참은 듯 아주 오래전부터 눌러왔던 토사물을 막힘없이 토해내고 있었다. 내가 일생을 두고 기억할 만한 말이었고, 아빠가 곁에 없는 상처에 대한 고백이었다. 같은 환부가 내게도 있었고, 실은 나 역시도 앓고 있던 병이었다.

애.정.결.핍

가슴이 또 한 번 못에 찔린 것처럼 아팠다. 하지만 이를 꽉 물고는 멀국의 어깨를 짚고 눈을 똑바로 응시했다.

"그래서? 한 짝 밖에 없다고 굶어 죽을 셈이야?"

"나만 아빠가 없잖아! 선생님이 가정환경이니 뭐니 조사한답시고 한 부모 가정 아이들을 호명할 때마다 얼마나 창피한 줄 알아? 게다가 애들은 내가 ADHD라고 쑥덕거린다고. 이게 다 나만 아빠가 없기 때문이야. 나만 너무 불행해!"

멀국이는 낯선 세상에 홀로 떨어진 아이의 울음과도 같은 말을 터트렸다.

내 아들 멀국이가 한 부모 가정의 아이라고 손가락질을 받고 있었다니... 그래서 많이 아팠다니... 한 부모 가정이란 환경을 만들어 준 장본인인 엄마였던 내가 그걸 몰랐다니... 한 부모 가정 아이라는 호명 아래 손을 들어 올릴 때마다 생쥐처럼 움츠렸던 내 아이의 슬픔과 어린 가슴의 명치끝에 한 부모 가정의 아이라는 꼬리표가 붙어 있는 줄을 모르고 있었다니... 게다가 ADHD라는 병명이 우리 멀국이로 하여금 캄캄한 쥐구멍 속을 파고들게 했다니...

화가 났다. 슬펐다. 다시 화가 났다. 화가 날 때는 화를 잠재울 말들이 필요했다. 그래야 아이를 다독거릴 테니까.

"이 바보야, 음식을 먹는데 꼭 젓가락만 필요하진 않아! 포크도 있고, 아니 새젓가락으로 바꿀 수도 있어! 생각만 바꾸면 얼마든지 행복해 질 수 있다고!"

사실, 나는 내 아들 멀국이에게 이 말을 꼭 해 주고 싶었다.

멀국아, 사랑은 말이지 꼭 온전한 모습을 갖추고 있어야 하는 것만은 아니란다. 엄마, 아빠를 다 가져야 한다는 생각이 널 불행하게 만드는 거야. 명심해, 결핍은 다 가져야 한다는 생각이 만드는 거야. 그러니까 밥이 있는데도 빵을 도적질을 하는 사람들이 있는 거야. 어차피 세상에 온전한 것은 그 어느 것도 존재하지 않는단다. 엄마가 살아 보니 반쪽만 사랑하는 법을 잘 알아야 원만한 사랑을 이루어 가는 거더라구. 사랑은 데칼코마니 같은 거야. 반쪽을 가지고 온전한 사랑을 펼쳐 가는 거지. 받는 사랑이 너무 완벽하면 네 심장은 목적이 없어져. 목적이 없는 심장으로는 세상을 다 가져도 모자람을 느낀단다. 우리 그냥, 우리가 사랑을 펼쳐가도록 목적을 주신 신께 감사하면 안 될까.

어찌 보면 사랑을 모르는 사람이 늘어놓은 궤변 같기도 했지만, 사실은 나 자신을 향한 말이기도 했다. 그리고 멀국이를 향해서는 발

앞에 놓인 장애물을 걷어차듯 약속 하나를 외쳤다.

생쥐처럼 숨어 있던 내 아들아, 엄마가 시궁창에서 당장 꺼내줄게!
엄마가 더 힘을 낼게!

나는 즉각 전학 절차를 밟았다. 그리고 커다란 결심을 했다. 삶을
송두리째 옮겨서라도 내 아이와 나의 영양실조를 고치겠노라고!
자신의 생각을 고쳐먹을 리가 없던 선생님은 우리가 전학을 하는
날까지 고장 난 녹음기처럼 같은 말만을 반복했다.

"멀국이는 ADHD이니 전학을 가더라도 꼭 약물치료를 받으셔야
합니다."

화가 났지만 선생님을 원망하지는 않았다. 선생님들의 자질을 파
괴하는 제도가 그들을 문제적 교사로 만든 거니까.
장담하건데, 속이 멀쩡한 내 아이를 다짜고짜 ADHD로 명명하는
곳에 희망은 없었다.
내 아이는 마음의 상처로 잠시 통증을 겪고 있을 뿐, 절대로
ADHD 환자가 아니었다!

ADHD에 대해 심층 분석을 끝낸 후 집필을 완성한 중국의 교육전

문가이자 <인재시교>의 작가 인젠리 역시도 'ADHD는 거짓이다'라고 밝힌 바가 있었다. 그녀는 약물치료에 의존해서 이 병을 고친 아이들은 못 봤지만, 약을 먹은 뒤에 점점 환자처럼 변하고 증세가 악화되어가는 아이들은 많이 봤다고 <인재시교>에 기록했다. 결정적으로 ADHD는 기침 몇 번을 한 사람에게 암에 걸렸다고 말하는 것처럼 일리가 없는 병명이라고 했다.

내 아이에게 한 부모 가정 아이라는 상처가 있는 건 맞았지만 좋은 환경을 만난다면 상처 따윈 오월의 눈처럼 녹아버릴 것이었다. 다시 활기를 띨 아이에게 ADHD 환자란 오명을 안겨 줄 수는 없었다.

교사는 역시 무언가를 가르치는 사람이 맞았다. 우리는 '상처'를 가르쳐준 선생님께 고개 숙여 정중한 인사를 전했다. 타인을 향한 편견과 단정은 한 가정의 터전을 옮겨 놓을 만큼 큰 상처와 영향을 준다는 사실을 안 우리는 누군가를 향한 섣부른 판단을 조심하자고 약속했다.

학교를 빠져 나오기로 한 우리는 치유의 여행을 시작했다.
지금 우리가 살고 있는 이곳, 충청남도 보령시 청라면 향천리 마을, '삶을 송두리째 옮겨 온 곳에서의 여행'을.

05

분수에 맞는
삶만이 희망이다

 내가 시골학교를 알게 된 건 어느 사찰과의 인연에서 시작되었다. 당시 시사 잡지사에서 근무하던 나는 부처님 오신 날 특집 기사를 쓰기 위해 보령시 청라면 향천리에 위치한 작은 사찰과 인연을 맺었고, 외갓집과 같은 분위기가 물씬 풍겨나던 그곳을 주말마다 아이들과 함께 오갔다.

 그곳에서 넓은 자연의 품에 안긴 아이들은 집에 돌아오려고 하지를 않았다. 엄마와 떨어지는 법이 없던 엄껌이조차 며칠씩 사찰에 혼자 남아 지내곤 했다.

 물장구를 치던 도랑과, 어느 나무든 다람쥐처럼 기어오르기만 하면 만날 수 있던 곤충의 민낯이 신기했던 아이들은 지천에 널린 놀이 감에 넋이 나가 있었다. 당시 초등학교 저학년이었던 아이들의 모습엔 평화로움과 자유로움이 물씬 묻어 있었다. 그런 아이들의 모습을 보며 나는 거주양난(去住兩難), 즉 귀촌을 할까 말까에 대한 심각한 고민에 빠져들었다.

그 때 나는 박봉의 잡지사 집필 기자로 영혼 없는 삯 글들이나 끼적이며 우주의 미아처럼 부유하던 터였다. 자신이 쓰고 싶은 글을 못 쓰는 글쟁이의 삶은 참으로 외롭고도 고단했다. 혹자들은 왜 못 썼느냐고 물었고, 나는 형편이 안 돼서 못 썼노라고 대답했다. 결코 핑계가 아니었다. 참으로 그랬다. 독박육아에, 밥벌이에, 내 글을 쓰기 위해 한 시도 엉덩이 붙일 시간이 없더라, 고 변명을 늘어놓았다.

그 때 향천리 작은 사찰의 큰스님께서는 '去(갈거)'를 화두로 내 주셨다. 화두를 머리에 담은 나는 마치 보물찾기를 하듯 토요일마다 아이들을 데리고 그곳으로 향했다.

얽힌 전깃줄이 하늘을 가린 도시를 벗어난 우리는 환호성을 질렀다. 온 세상 가득 녹채가 내린 시골에 이르며 우리는 목청 높여 노래도 불렀다. 그곳은 우리의 운명이 전혀 새롭게 정해질 수도, 한 번 뿌리를 내리면 다시는 돌아오지 못할 수도 있는 곳이었다.

결국 화두를 풀지를 못한 내게 큰스님께서는 '去'자의 의미를 일러 주셨다. 土(흙토)+厶(마늘모)의 형상은 흙속에 심어진 마늘의 씨앗을 의미 하는 거라고 하셨다. 우리 모두는 씨앗인데 자신에게 맞는 토지에 뿌려져야 비로소 꽃을 피우고 열매를 맺을 수 있는 거라고. 볍씨를 모래사장에 뿌리면 쭉정이가 되고 꽃씨를 자갈밭에 심으면 싹이 안 나듯, 인간이 잘 먹고 잘 살기 위해서는 '분수에 맞는 삶'을 살아야 한다고.

자고로 국어를 배웠으면 주제를 알고, 수학을 배웠으면 분수를 알아야 하는 법이었다. 아무리 생각해도 도시는 내게 맞지 않는 곳이었다. 소비경쟁의 일번지라 내 형편에도 맞지 않았고, 모두가 제 잘 난 사람들만 있으니 나와는 궁합도 맞지도 않았고, 이 사람 저 사람 눈치를 보느라 편할 날이 없었으니 내 성질에도 맞지 않았다. 뭘 해 먹든 뭐가 맞아야 해먹는 법인데 뭐 하나 맞는 거 없는 도시에서는 뭘 해 먹고 살아야 할지도 막막했다. 그대로 도시에 머물렀다가는 꽃을 피우고 열매를 맺기도 전에 숨이 막혀 죽을 것만 같았다.

무엇보다도 영혼 없는 삯 글이나 쓰던 내가 과연 아이들의 상처를 자비롭게 쓰다듬을 수나 있을 지, 꿈을 포기 한 내가 과연 내 아이들에게 희망이나 줄 수 있을 지, 행복하지 않은 엄마에게 과연 아이들과 함께 할 행복한 미래는 펼쳐질 수 있을 지, 내가 할 수 있는 일이라곤 두려움을 떨쳐내기 위해 밤마다 맥주 한 캔을 들이키는 일 뿐이었다.

물론 좋은 시절도 있었다. 나는 서울에서 태어나 서울에서만 40여 년을 잘 살아 온 사람이었다. 서울에서 자라며 미래를 꿈꾸는 동안 매우 열정적인 삶을 살았다 해도 과언이 아닐 것이다. 불과 십 여 년 전까지만 해도 서울은 내게 아주 잘 맞는 도시였으니까.

서울이 화려한 드레스라면 나는 그 옷이 전혀 불편하지 않았고, 기꺼이 지불할 능력도 있었다. 외모지상주의가 판 치는 서울은 돈을 뽐내며 살기 좋은 곳이었다. 그런 도시에서 40어 년을 살아 온 내가 은퇴를 결심했을 때, 사람들은 젊은 나이에 너무 빨리 귀촌을 하는 게 아니냐고 했고, 나는 은퇴란 아쉬울 때 미련 없이 떠나는 거라고 했다. 그렇게 서둘러 자연의 품에 안긴 것이다.

우리답게 살아가기에 좋은 자연의 품으로.

자연은 가진 게 없다고 깔보지 않으며, 가진 자들과 경합을 붙이지도, 남들보다 더 많이 가지라고 재촉하지도 않는다. 자연은 그저 분수에 맞게 살아가라고 일러 줄 뿐이다. 하이힐과 정장, 명품 가방, 사교육, 해외여행, 맛 집 탐방, 고급 승용차나 고층 아파트가 필요 없는 곳이니 분수에 맞게 안분지족(安分知足)하라고.

게다가 이곳은 젓가락 한 짝 타령을 하는 아들 녀석들을 꼬옥 품기에 좋았고, 그런 나를 자연은 꼭 안아 주었다. 우리가 찾은 젓가락 한 짝은 바로 자연으로부터 배운 '새로운 삶의 방식'이었던 것이다.

우리가 시골 땅을 밟았던 그 순간을 나는 인생의 '매직아워'로 기억한다. 사진 촬영 시 가장 아름다우며 낭만적인 효과를 낼 수 있는 황금 시간대.

일출 전과 일몰 후 하늘의 빛이 사라지고 땅의 빛이 켜지는 짧은 순간인 '매직아워'.

06

아들의 슬럼프를
위로하는 법

    환상의 피지섬에서도 낯섦을 적응하기까지는 외롭다고 하더라. 이 곳 시골에서도 그랬다. 외로움을 장대비처럼 한바탕 겪은 후에야 모든 게 익숙해지기 시작했다. 가끔 마당에 출현한 고라니와 이불 속에서 기어 나오는 돈벌레가 익숙해질 무렵이었다.

    처음엔 덥석 시골로 삶의 터전을 옮긴 걸 후회하기도 했다. 아마도 멀국이 때문에 더욱 그러했을 것이다. 약물 치료를 강요하던 담임선생님에게 보란 듯이 전학을 통보하고, 시골로 떠나왔건만 멀국인 여전히 그러했다.

    시골학교 선생님과 아이들에게도 서울 건달놈으로 찍혔던 멀국인 이곳에서도 툭하면 엄마인 나를 학교에 불려 다니게 만들었다. 속상해서 울 엄마를 붙잡고 하소연 할 때마다 엄마는 사람 그렇게 쉽게 변하는 거 아니니 조금 더 인내심을 가지라고 위로하셨다. 그러나 울 엄마 역시도 나와 동생들에게만큼은 인내심이 통하지 않던 양반이셨다.

마침내 연착되었던 기차가 도착한 것처럼 정말로 오랜 기다림 끝에 변화가 찾아오기 시작했다. 인내심을 갖고 기다렸다고 하기보다는 시간을 버틴 결과였다. 이른 사춘기를 보내고 중3이 되자, 멀국이의 성품이 온유하고, 여낙낙하게 바뀌기 시작한 것이다. 그토록 까칠했던 녀석에게 가을 들판과 같은 여유가 생겨나기 시작하더니 외할아버지의 뒤를 이어 경찰관이 되겠다고 했다. 허세라도 좋았다. 소위 수재들만 간다는 경찰대를 목표로 공부를 하는 모습이 그저 반갑기만 했다.

인문계 고등학교에 진학하자마자 경찰대를 목표로 공부를 한 멀국이는 첫 중간고사에서 만족스러운 성적을 거두었고, 드디어 상위권에 등극을 했다.

선배 언니들 가라사대, 남편 늦바람이랑 이들 늦공부만큼 무서운 게 없다고 하더니 멀국인 정말로 무섭게 공부를 하기 시작했다. 집안은 축제 분위기가 됐고, 나는 이미 무궁화 계급장을 단 아들의 모습을 상상하며 풍운의 꿈에 젖어들고 말았다.

그런데 어느 날, 잘 나가던 녀석이 갑자기 공부를 포기하겠다면서 날벼락과 같은 선포를 해왔다. 다시 무언가 초기화가 된 느낌이었다.

밤12시가 넘은 시간, 독서실에서 녀석을 차에 태우고 들어오던 나는 갑자기 통침을 맞은 기분에 하마터면 차를 2차선 한 가운데에 세울 뻔했다.

급기야 달리던 차를 갓길에 멈추기 위해 핸들을 틀었다. 그대로 집에 들어갔다가는 입이 퉁퉁 부은 채로 각자의 방으로 들어가 영원히 원수가 되어버릴 지도 몰랐으니까. 핸들을 잡았던 손으로 부채질을 하며 얼굴에 솟은 열을 식혔다.

"이유가 뭔데?"

칠흑으로 뒤덮인 어둠을 뚫은 내 눈초리를 외면하면서도 녀석, 대답만큼은 또박또박 전하더라.

"갑자기 공부는 해서 뭐하냐는 생각이 들었어."

나는 눈을 질금 감았다. 호흡을 가라앉히고 녀석이 쏟아내는 얘기들을 차분히 들어주기 위해서였다. 눈을 감은 나는 우리가 잃어가는 무수히 많은 것들 중 아직 대화가 실종되지 않았음을 신께 감사드렸다. 멀국이는 마치 갱년기에 이른 아줌마처럼 푸념을 늘어놓았다.

"공부 잘 한다고 다 잘 먹고 잘 사는 것도 아닌데, 내가 뭐하려고 이렇게 피똥 싸게 고생하나 싶기도 하고. 괜한 뻘짓을 하는 건 아닌가 싶기도 하고, 나보다 잘 하는 애들도 많은데 무슨 재간으로 따라잡나 싶기도 하고, 이깟 공부가 뭐가 그렇게 중요한가 싶기도 하고 그래. 이과를 가나 문과를 가나 나이 먹고 퇴직하면 결국 치킨집 알아볼 테고, 그러니 이 시간에 외국어나 기술을 배우면 훨씬 더 잘 먹고 잘 살 거 같기도 하고."

아이의 말을 가만히 들어 주던 눈가에 나도 모르게 웃음이 그려졌다. 공모전에 출품할 작품들을 완성할 때마다 나 역시도 내뱉던 말들이기 때문이었다. 나는 힘차게 시동을 걸었다.

"하기 싫으면 좀 쉬어. 우리 바다 가자."

"이 밤에?"

"뭐 어때? 코 닿는 곳인데."

그래, 내게는 방황하는 아들과 함께 갈 수 있는 바다가 가까이 있었다. 시동을 걸어 대천 앞바다를 향해 핸들을 꺾었다. 바다로 향하는 20분 동안 내 마음에서는 잔잔한 희망이 넘실거렸다.

짜식, 공부는 해서 뭐하냐는 생각이 들었다는 건 일단 공부를 열심히 했다는 증거였다. 무언가 하기 싫어졌다는 건 무언가 한 게 있을 때 찾아오는 상실감이니까.

녀석은 그로기에 빠져 있었던 것이다. 그로기란 권투시합에서 심한 타격을 받고 몸을 비틀 거리는 상태를 말하는 거다. 한마디로 기진맥진을 이른다.

공부를 열심히 하다가 갑자기 어려운 문제를 만났거나 더 잘하는 친구들에게서 박탈감을 느꼈을 때 찾아오는, 나에게도 매우 익숙한 감정이었다.

어른인 나도 작품을 완성해 가며 쉼 없이 그로기를 극복해 내고 있었다. 대체로 체력이 저하 되었거나 내가 쓴 문장의 조악함을 발견했을 때가 그렇다. 그로기에 빠졌을 때는 침상에서 책상까지의 거리가 오만리쯤 느껴지기도 한다. 심한 위축과 좌절로 포기하고 싶은 마음도 굴뚝같아 진다. 마흔의 중반을 넘긴 나도 피할 수 없는 그로기를 이제 막 공부를 시작한 멀국이가 피할 수는 없었을 테다.

그토록 쓰러질 만큼 괴로웠던 순간을 넘고 넘으며 터득한 '그로기 극복 노하우'는 딱 이거 하나였다.

잠시 휴식기를 가질 것.

잠을 자거나, 여행을 하거나, 영화를 보거나, 탱자탱자 놀면서 잠시 쉬어가라고 주어진 몸살의 시간을 충분히 만끽하면 되는 거였다.

오랫동안 그로기를 경험하며 터득한 극복 노하우를 알려줬더니, 녀석은 뭐 이런 엄마가 다 있냐는 표정을 지어 보였다.

"역시 엄마는 내 공부에 관심이 없어."

아, 이래서 공부 안하는 놈들은 무조건 혼부터 내고 보는 거였나 보다. 정말로 억울했다. 진심으로 공감하고 이해했기 때문에 쉬라고 한 건데... 나는 녀석의 손을 꼭 잡으며 말했다.

"관심이 없는 게 아니라 나까지 부담을 주고 싶지 않아서 그래. 엄마가 거들지 않아도 넌 오늘처럼 스스로 부담을 느끼며 고민을 하고 있잖아. 공부는 팀플레이가 아니라 격투야. 격투 선수처럼 혼자 싸워야 한다는 말이지. 격투장에서 심한 타격을 받고 몸이 휘청거리는 상태를 그로기라고 하는데 너에게는 지금 그로기가 찾아 온 거야. 기절 직전인 너에게 내가 무슨 말을 하겠니?"

"그럼 나 어떡해? 나 이대로 포기해야 하는 거야?"

"포기 하라는 게 아니라 잠시 쉬어 가라는 거야. 권투 해설자들도 힘들어 하는 선수들에게 그러잖아 왜, 아... 저 선수는 어깨에 힘이 들어가 있어요! 그건 어깨에 힘을 좀 빼고 긴장을 풀란 얘기야."

"친엄마 맞아?"

녀석, 정말로 사람의 진심을 못 알아들었다. 녀석이 또 나로 하여금 긴말을 잇게 만들고 말았다.

"멀국아, 모든지 열심히 쓰고 나면 바닥이 드러나는 법이란다. 돈도 다 쓰고 나면 바닥이 드러나고, 사람의 인연도 다 하면 끊어지고, 열렬한 사랑도 다 하고 나면 이별이 찾아오고, 몸도 열심히 쓰고 나면 쓰러지게 마련이고. 하물며 머리라고 다를까. 머리도 열심히 쓰고 나면 잠시 닳기 마련인 거야. 무언가를 열심히 하다보면 마디가 만들어지는 순간이 찾아 오는데 반드시 성장통을 동반한단다. 그렇게 불에 태워도 타지 않는 대나무의 마디 같은 게 만들어 지는 거야. 그로기가 되면 잠시 정신을 잃고 기절을 하지만 다시 일어 선 다음에는 급소를 맞지 않기 위해서 강화된 보호 장비를 갖추는데도 만반을 기하게 되고, 자신의 급소가 어디인지를 알고 더욱 조심을 기울이지. 그리고 상대의 펀치가 얼마나 막강한지를 알게 되면서 피하는 방법도 배우게 되는 거야. 이렇게 한 방의 펀치 뒤에는 반드시 업그레이드의 순간이 맞물려 찾아오는 거다. 그렇게 다시 시합장에 나가고, 또 싸우고, 맞고 때리고, 넘어지고 일어서기를 반복하다보면 어디서 만들어졌는지 모르는 힘이 마구마구 샘솟게 되는데, 그 힘으로 우리는 원하는 것들을 조금씩 얻어 나가는 거야."

깊은 생각에 빠진 건지, 졸음이 오는 건지, 녀석은 아무 말도 하지 않았다.

바다에 도착했다. 까만 밤바다에서 푸른빛 파도가 넘실거렸다. 플라타너스 숲에 온 것 같은 청량함과 고요함이 느껴졌다. 깨알 같은 별들은 바다의 수면에 닿을 듯 선명했다. 달빛을 따라 모래사장 위를 걷자 잔잔한 파도가 발을 적셨다. 멀국이는 바닷물이 운동화에 스며드는 불편을 신경 쓰지 않았다. 그러면서도 내 발이 젖는 것을 걱정했다.

"엄마 발 다 젖겠다."

"괜찮아, 젖은 발이야 말리면 되니까."

발은 차가웠지만 우리는 '마디'의 순간을 뜨겁게 넘기고 있었다.

"차갑지? 그래도 이건 양호한 거야. 동쪽 겨울바다의 파도는 정말로 우렁차다. 벌써 무릎까지 젖었을 거야."

"상상이 돼."

"다음 그로기 땐 동쪽 바다로 가자. 부서지면서도 계속 밀려오는 동해의 파도는 넘어졌다 일어서기를 반복하는 우리네 모습과 참 많이 닮았다. 엄마는 부서질수록 더욱 우렁차게 박차를 가하는 동해의 파도를 보면 힘이 나더라."

"엄마한테 참 고마워. 그리고 엄마가 참 좋아."

"왜? 쉬라고 해서?"

"아니. 엄마도 참 많이 변했으니까. 엄마도 늙었나봐, 이제야 사람 냄새가 나네."

녀석 제법이었다. 사람 냄새를 다 맡다니.
그래, 멀국이의 말대로 나란 사람도 참 많이 변했다. 아니, 많이 늙었다. 이게 다 기절 직전의 그로기를 수없이 반복하며 마디를 만들어온 덕일 것이다.

'글을 쓰는 엄마가 느꼈던 좌절과 위태로움'으로 '공부하는 아들이 느끼는 좌절과 위태로움'을 어루만지듯 나처럼 상처가 많은 사람들의 마음 조각들을 어루만지는 일이 조금씩 쉬워지고 있는 것도 다 마디의 힘에서 비롯된 것이었다. 마디의 힘에서 우러나온 모성으로 아이들과 소통하며 나는 엄마가 재밌어지고 있었다.

　앞으로 녀석들에겐 계절의 순환처럼 그로기의 순간들이 거듭 찾아올 것이었다. 그 때마다 공부를 때려치우겠다고 해도, 회사를 때려치우겠다고 해도, 결혼을 때려치우겠다고 해도, 나는 그래라, 할 것이다. 그리고 축제를 하듯 밤바다를 함께 걸으며 투정을 받아 줄 것이다.

　포기하고 싶은 그 때가 '마디의 순간'이란 걸 알기 때문이다.

이제야
엄마가
재밌다

MOTHER

01

엄마에게
남사친을 허락한 아들

멀국이가 중2던 어느 일요일 저녁, 얘가 밥을 먹는 중에 난데없이 추억 하나를 들춘다.

"엄마, 키다리 아저씨는 어떻게 지내셔?"

'키다리 아저씨'는 중국에서 우리와 친하게 지냈던 키가 크지 않은 남자였는데, 아들의 인생에 학(虐)을 뗄 만큼 간섭하던 그의 어머니를 보고 '남자로서는 아니다'라고 생각했던 사람이었고, 한국으로 돌아와 잊고 있던 그 사람의 별명이기도 했다. 그런데 녀석이 먼 추억

속에 묻힌 이름을 들추어낸 거다.

"갑자기 그 아저씨는 왜?"

"중국에 있을 때 우리한테 정말로 잘 해 주셨던 분이잖아. 인생 살면서 그렇게 좋은 사람 만나기 쉽지 않아. 잘 지내도록 해. 단, 남자사람친구로만."

"근데 엄마 전화번호가 바뀌면서 소식이 끊겼어."

"걱정 마, 내가 SNS에서 찾아볼게."

짜식, 기억도 의리도 살아있었다. 겨우 중학교 2학년 밖에 안 된 녀석이 인생을 운운하며 좋은 사람을 다 알아보다니. 단, 좋은 사람을 남자친구가 아닌 남자사람친구로만 지내라는 녀석은 아직 엄마의 남친을 쿨하게 받아들일 준비가 안 되어 있는 듯 했다.

15년 째 나와 우정을 나누고 있는 영희 언니가 우리 집에 놀러 올 때마다 엄마에게도 연애가 필요하다는 일장연설을 늘어놓곤 하는데, 그때마다 녀석들은 '저 아주머니 언제가시나' 하는 눈치였으니까.

마치 과부 며느리 시집보내자는 말에 심술부리는 시어머니 표정처럼 붉으락푸르락하던 멀국이가 난데없이 남사친을 허락 한 것이 어쩐지 이상했다. 갑자기 웬 남사친을... 서랍 뒤져 제 양말 한 짝도 못 찾아 신는 녀석이 여태 실종됐던 엄마의 남사친을 왜 SNS까지 뒤져서 찾아주려고 하는 건지.

그리고 보니 녀석이 어른인척 허리를 꼿꼿이 세우고 밥숟가락을 들 때는 뭔가 심상치 않은 속셈이 있을 때였다. 밥 먹다가 게임 허락을 받았을 때도 그랬고, 밥 먹다가 형편없는 시험 성적을 실토했을 때도 그랬고, 학교 기물을 파손해서 물어 줘야 한다는 말을 밥 먹는 중에 꺼냈을 때도 그랬고, 밥 먹다가 화장실을 갈 때도 그랬다. 멀국이는 밥 먹을 때는 개도 안 건드린다는 우리 집 가훈을 아주 잘 이용하는 듯 했다. 그래서 물었다.

"그런데 갑자기 왜? 갑자기 왜 엄마더러 남사친을 만나라는 거야?"

"엄마가 너무 심심해 보여서. 그리고 예전에 나 때문에 두 사람 영화도 못 봤잖아."

요 녀석 진짜 기억력 한 번 끝내준다. 사실은 멀국이 녀석 초등학교 2학년 땐가, 한국에 잠시 귀국했던 그 남자와 영화를 보기로 약속을 했는데 녀석에게 걸려서 무산되었던 적이 있었다. 아주 건조하고 단백한 문체로 시간과 장소를 정했을 뿐인데, 그 문자를 엿본 재가 한바탕 소동을 벌인 거다.

사실 오빠라는 호칭을 사용했다. 그걸 녀석이 이상하게 여긴 모양이었다. 그 오빠가 누구냐며, 어떤 오빠냐며, 길길이 울고 불며 날 뛰던 아홉 살 손자 녀석을 말리며 진땀을 뻘뻘 흘리고 난 울 엄마는 "무슨 애가 의처증 환자 같냐"고 한숨을 푹푹 내쉬었고, 울 아부지는 "그러게 조심하지 그랬냐"며 마치 바람난 딸을 나무라듯 하셨다.

　눈치가 빠른 녀석이 알고 보니 '그 때 그 오빠'의 정체를 알고 있었으면서도 지금까지 모른 척 했었나 보다. 도사견 같은 녀석이 도대체 무슨 꿍꿍이로 잠자코 있었던 건지 여간 궁금한 게 아니었다.

　녀석이 혹시 엄마를 쉬운 여자로 오해 하고 있는 건 아닌지, 그래서 여자에 대한 몹쓸 편견을 갖고 있는 건 아닌지, 끔찍한 범죄를 저지르고 TV 뉴스에 나오는 남자들의 대부분은 어릴 적 어머니로부터 받은 상처로 세상에 대한 신뢰가 없는 편이라고 했던 어느 정신과 의사의 인터뷰 장면까지 떠올랐다. 심지어는 나중에 이 녀석의 여자 친구가 문을 박차고 들어와 "어머니 얘랑은 정말 못 살겠어요! 얘가 자꾸만 절 의심해요! 이게 다 어머니 때문에요! 얘가 그러는데 어렸을 때 어머니에게 의심이 가는 오빠가 있었다는 사실을 알고 난 후부터 심한 충격에 휩싸이기 시작했대요." 하며 울고불고 원망하는 장면마저 그려졌다.

　나는 정말로 내 아들의 여자 친구에게 만큼은 "잘 키워 주셔서 감사합니다, 어머니." 란 말을 듣고 싶었는데 말이다.

엄마란 그런 사람이었다. 내가 쉬운 여자가 되는 순간에도 자식의 상처 난 마음과 미래에 함께 할 누군가의 고통을 먼저 떠올리는 그런 존재.

녀석이 다니는 중학교 교감선생님께서도 엄마들에게 늘 강조하시는 말씀이 있었다.

"아부지가 아무리 개차반이라도 어머니만 딱 중심 잡으면 애들은 잘 큽니다."

그 말씀을 가슴 깊이 새기며 중심 딱 잡고 잘 살고 있었는데 오빠라는 호칭을 썼던 남자 하나 때문에 무너지고 싶지는 않았다. 그래서 물었다.

"영화라니? 무슨?"

나는 시치미를 뗐고, 녀석은 밥숟가락으로부터 눈을 뗐다. 그러고는 측은한 눈빛을 들어 올려 내 눈을 직시했다.

"할머니가 다 말해 줬어."

또 울 엄마였다. 나의 비밀이 탄로 나는 순간, 꼭 등장하는 핵심 인물, 우리 엄마 최 여사님.

"하 할머니가 모..모라고 했는데?"

"할머니가 그러시는데 엄마가 오빠가 없이 자라서 나이 많은 남자
들만 보면 다 오빠, 오빠 하며 잘 따르는 거래."

"그건 할머니 말씀이 맞아."

울 엄마가 아이를 잘 타이르신 모양이었다. 사실은 울 엄마, 결국에
알고 보면 나한테 가장 도움이 되는 사람이었다. 결.국.에.알.고.보.면.

"그땐 내가 너무 어렸잖아. 지금은 나한테도 오빠, 오빠 하면서 잘
따르는 여자 후배들도 많은데 뭐. 그러니까 그 오빠랑 연락하면서 잘
지내. 영화도 보러가고."

역시, 시간은 고마운 거였다. 시간은 언제나 차갑게 식혀주고, 알맞
게 익혀주고, 숙성과 변화를 가져다주었다.

"엄마, 시골에 와서 친구도 없고, 그렇다고 밭일에 취미가 있는 것
도 아니고, 요즘 들어서는 종교생활도 열심히 안 하잖아."

"엄만 글 쓰고, 책 읽고, 네들 뒤치다꺼리 하는 것만으로도 시간이 모자라."

"사실은, 엄마가 요즘 보는 책들, 제목이 쫌 그렇더라. 우리 국어 선생님이 그러시는데 그 사람이 즐겨 읽는 책의 제목을 보면 그 사람의 현재 심리상태를 알 수 있는 거래."

아, 그거였다. 내가 요즘 즐겨 보는 책들의 제목.

책의 제목이 그 사람의 심리상태를 말해 준다는 건 나에게 있어서 만큼은 정말로 맞는 말이었다. 책은 내게 있어 가장 말랑말랑한 장난 감이었고, 나는 내 욕구에 맞는 책을 고르는데 용감했고, 책을 읽으며 심리적 결핍을 채워갔으니까.

나는 총알처럼 이층 계단을 올라 내 방 책상까지 한숨에 이르렀다. 역시나 내가 읽던 책들이 마치 장난감처럼 여기저기에 널브러져 있었다. 책상 위에 펼쳐져 있던 책들에 대해 말하자면, 알고 보면 좋은 책들이었다. 내용도 있고 감동도 있었다. 그러나 표지의 제목만으로 말을 한다면 누가 봐도 남자에 굶주린 여자로 오해를 받을 수 있는 소지의 책들이었다. '엄마 시집 보내기', '싱글빌', 그리고 가장 문제 작이었던 '쉬운 여자'. 그래서 녀석이 말한 것이다.

"엄마가 요즘 보는 책들, 제목이 쫌 그렇더라."

사실은 모두 공모전 출품작들이었고, 좋은 평을 받은 작품들이었다. 당시 나는 공모전 당선의 꿈을 꾸고 있었으니, 공모전에 당선되고 싶은 심리상태를 반영한 책들이 맞긴 했다. 나는 당선의 노하우를 심오하게 분석하던 중이었다. 녀석이 그 심오한 진리를 알 리가 없었다는 게 문제였지만.

일본 러브스토리 공모전에서 따뜻한 가족애를 담은 이야기로 수상작이 된 시쿠노 쓰키네의 '엄마 시집 보내기'기 쓰루가메라는 활자를 드러낸 채로 펼쳐져 있었다. 쓰루카메는 불교에서는 '관세음보살', 교회에서는 '오 주여', 한국어로는 '비나이다 비나이다'를 말하는 거였다. 내게는 한숨과 같았던 그 활자를 나는 망연히 바라보았다.

쓰루카메! 쓰루카메!

02

음지에서 해야 할 일이 있고,
양지에서 해야 할 일이 있다

엄껌이와 친하게 지내던 같은 학교의 남학생이 여학생 성희롱 사건으로 졸업을 앞두고 강제 전학을 당한 일이 있었다. 그 학생의 죄목은 학교에서 내뱉은 성적인 농담과 신체적 접촉, 또 교실 내에서 야동을 봄으로써 여학생들에게 수치심을 줬다는 거였다.

가해학생의 강제 전학을 안건으로 학교폭력자치위원회가 열렸을 때 찬반이 잇갈렸고, 엄껌이는 학폭위원이었던 내게 처벌보다는 용서하는 쪽 입장에 서 달라는 부탁을 했다. 학급 친구들도 몇 안 되는데 졸업을 앞두고 한 명이라도 낙오되는 걸 원치 않는다면서.

시골학교에서는 폭력사건이 거의 발생하지도 않을뿐더러, 있다 하더라도 웬만하면 학부모들이 너그러이 용서를 하고 넘어 가는 편이었다. 그러나 성희롱 사건만큼은 달랐다. 피해학생들의 부모들이 가해학생에 대한 처벌을 격하게 주장하고 나선 거다.

피해학생들과 가해학생을 차례로 면담 후, 나는 엄껌이의 부탁을 뒤로하고 전학을 시키자는 쪽으로 의견을 모았다. 이미 혐오의 대상이 된 가해학생의 학교생활이 그다지 행복하지 않을 거 같았기 때문이었다.

가해학생은 죄를 뉘우쳤겠지만 아무리 죄를 뉘우친다 해도 겨우 십대 밖에 안 된 소년이 교우들의 따가운 시선을 벗어나기란 쉽지 않을 테였다. 나는 가해학생이 강전이란 처벌을 통해 죄를 뉘우치고, 죄로부터 완벽히 벗어나기를 진심으로 바랐다.

3년을 가르친 학생을 떠나보내며 눈물을 흘리시던 선생님들을 바라보며 가해학생에게 강제 전학의 처벌을 내린 건 학교 측의 또 다른 관용이었다는 것을 알 수 있었다.

당시 그 문제로 고민을 하던 나는 엄마들과 마주앉아 그동안 덮고 있던 아이들의 성적욕구에 대한 뚜껑을 열어 보기로 했다. 갈수록 오픈 마인드가 되어가는 사회에서 성적 노출과 유혹으로부터 내 아이들을 어떻게 지켜 낼 수 있을지 엄마들과 함께 허심탄회한 이야기를 나누어 보기로 한 것이다.

때마침 교장 선생님께서는 학부모들의 대화에 동력을 더해주시기 위해 '중2병의 비밀'이란 책을 전해 주셨다. 그리고 한 부분을 인용하셨다.

「아이들이 야동을 보거나 자위행위를 하는 성적욕구는 그저 빨라진 정상적인 경험일 뿐입니다. 사회가 더 자극적으로 변했기 때문에 아이들이 자신의 성적 충동과 성생활을 다룰 수 있도록 도와주는 사회적 장치가 필요합니다. 그 변화를 어떻게 다룰 것이냐가 이슈일 뿐입니다.」

교장선생님께서는 어른들의 적당한 무관심과 지혜로운 관심의 동반만이 해결책이란 말씀을 전해 주셨다.

나란 사람, 참 지지리도 배운 걸 실천하지 못하는 사람이었다. 교장 선생님께서 지침서를 안겨 주셨음에도 불구하고 집에 돌아온 후엔 멀국이와 엄껌이에게 노골적 관심을 보였으니까.

"너희도 야동 보니? 요즘 애들 다 본다는데 너희도니?"

놀랍게도 녀석들은 팔짝 잡아떼지도, 막 화를 내지도, 극구 부인하지도 않았다.

지들도 요즘 애들 가운데 하나라는 듯 태연했다. 정상적인 삶을 잘 살아가고 있다는 듯 매우 침착하고 여유로운 태도마저 보였다. 멀국 이는 한 술 더 떠서 마치 독립선언문 낭독이라도 하는 냥 오른 손을 번쩍 들어 올렸다.

"사람이 음지에서 해야 할 일이 있고, 양지에서 해야 할 일이 있는 겁니다. 왜냐, 음지에서 할 일을 양지에서 하면 남들에게 피해를 주 기 때문이죠. 우린 절대로 남에게 피해 같은 건 안 줄 거니까 긱정 하 지 마세요, 어머니!"

멀국이의 말에 입이 쫙 벌어졌다. 짜식, 할 거 다하면서 중심 잘 잡 고 살아가고 있다는 얘기였다.

"그런데 어머니야말로 요즘도 야동 보시나요?"

"야! 저... 절대 아니라니까... 그... 그게 아니었다고!"

나야말로 팔짝 잡아뗐다. 막 화를 냈다. 그리고 극구 부인했다.

사실은 야동을 보다가 멀국이한테 걸린 적이 있었다. 애 말대로 음지에서 해야 할 일을 음지에서 했을 뿐인데, 방심하다 걸린 거였다.

멀국이 중1때였다. 나는 핸드폰을 바꿨고, 쓰던 핸드폰에 입력되어 있던 문자, 카톡 메시지, 녹음 목록, 사진들을 깨끗이 지웠다. 쓰다버린 핸드폰이었지만, 어디를 열어 봐도 빈 공간처럼 반짝였다. 그런다음에야 어디서 나뒹굴거나 말거나 신경을 뚝 끄고 있었는데 버려진 핸드폰을 만지작거리던 녀석이 소 뒷걸음치다가 쥐 잡은 격으로내가 야동을 보았던 사이트를 찾아 낸 거다.

그날 내 앞에 선 녀석은 마치 빈 캔을 뭉갠 것처럼 핸드폰을 쥐어든 손에 힘을 꽉 주고 있었다. 그러고는 눈물을 글썽이며 물었다.

"엄만 이상한 엄마야. 왜 그랬어?"

섬뜩한 애증으로 가득 차 있던 눈빛은 마치 다른 여자의 립스틱 자국이 묻은 남편의 와이셔츠를 들고 있는 부인네들의 것과 흡사했다.불길한 예감이 스친 나는 녀석의 손에서 핸드폰을 강탈하다시피 빼앗았다. 혹시 지워지지 않은 문자라도? 아님 남은 사진이? 하지만 어딜 뒤져봐도 완벽했다. 마침내 녀석이 떨리는 음성으로 물었다.

"엄마, 이상한 동영상 봐?"

"아... 아니... 엄만 그런 거 안 봐."

"거짓말! 봤잖아, 그것도 엄청 많이."

사실 좀 봤다. 주로 친구들이 카톡으로 보내 온 동영상들이었다. 솔직히 썩 내켰던 건 아니었다. 그런데 친구들이 '선물'하고 보내 온 성의를 어찌 외면하겠는가. 살짝 본 건데 운이 없게도 세퍼트 같은 녀석이 그걸 용케 찾아 낸 거다. 정말로 대략난감이었다. 나는 백척간두(百尺竿頭)의 상황에서 진일보(進一步)하듯 불치하문(不恥下問)의 정신으로 녀석에게 물었다.

"증거 있어? 증거 있냐고?"

녀석이 내 낡은 핸드폰 위로 손가락을 날렵하게 움직이자, 증거가 환하게 모습을 드러냈다. 내가 봐도 민망할 정도로 성인야동 사이트의 주소가 줄줄줄... 쏟아져 내렸다. 인터넷에서 그간 검색했던 사이트를 버튼 하나로 찾을 수 있는 기능이 있다는 걸, 기계치인 내가 몰랐던 거다. 솔직히 고백을 하자니 녀석이 상처를 받을 거 같았고, 계속해서 거짓말을 하자니 문초로 피가 마를 거 같았다.

나는 바람 피우다 걸린 남자들의 철칙을 고수했다. 무조건 잡아떼기. 열기만 했지, 결코 본적은 없다. 스팸으로 날라 온 건데, 스팸인지 모르고 열어 봤다가 이상한 거라서 보지는 않았다고 끝까지 변명과 거짓말을 늘어놓았다.

그랬더니 녀석의 안색이 조금씩 진정이 되더라.

그 때 난, 사람들이 왜 그토록 거짓말과 변명을 남용하는지를 알았다. 엄마는 절대로 그런 사람 아니며, 앞으로도 그럴 사람이 아닐 것을 손가락 걸고 약속했다.

녀석의 가장 작은 손가락 한 개와 나의 가장 가녀린 손가락 한 개가 만나 폭탄 하나를 겨우 막아낸 사건이었다.

03

어쩌다
학부모

야동에 대해서라면 아직 할 말이 더 남아 있다.

"어머니, 그때 약속하신 것처럼 야동 같은 건 보지 마십시오. 요즘 좋은 영화도 얼마든지 많으니까요."

이렇듯 여전히 잠정형기가 남았다고 우겨대며 나에게 약속을 강요하는 녀석들 때문이다. 자고로 약속은 정의에 가까울 때 실행하는 거다. 지들은 보면서 왜 나한테는 보지 말라고 하는 건지, 그건 좀 부당하다는 생각이다. 하지만 그 때의 약속이 정의에 가까웠냐, 아니었냐에 대해서는 따지고 싶지 않다. 마치 야동에 환장한 엄마처럼 비춰질까봐 그렇다. 아무튼 나는 야동을 보지 않겠다는 약속을 지켜냈다. 어쨌든 약속은 지키라고 있는 거니까. 하지만 이 한 마디는 꼭 묻고 넘어가야할 거 같았다.

"그런데 왜?"

엄마도 성인인데 왜? 성인 나이트를 가겠다는 것도 아닌데 왜? 성인더러 성인 사이트에 들어가지 말라는 건 어린이더러 놀이동산에 입장하지 말라는 말이나 똑같은 건데 왜? 기회가 찾아 왔던 어느 날, 도대체 왜냐고 야멸치게 덤볐더니 멀국이가 대답하더라.

"어머니께서는 성인이기 이전에 아직 학부모이시기 때문입니다."

이건 애들이 다 가는 피시방을 가겠다고 우길 때마다 내가 녀석들에게 했던 말을 그대로 표절한 거였다.

"너흰 애들이기 이전에 학생이잖아."

그러고 보니 우린 학부모와 학생이란 신분을 가진 자들로 두려운 것도 많고, 조심해야할 것도 많은 세상에 갇혀 이 눈치 저 눈치를 보며 살아가고 있는 가여운 영혼들이었다.

　나는 녀석들에 의해 금기시 되어왔던 학부모란 존재의 참을 수 없는 무거움을 떠올렸다.

　야동을 보면 안 되는 존재, 밥도 맛 없게 하면 안 되는 존재, 약속을 잘 지켜야 하는 존재, 자식의 체면을 깎으면 안 되는 존재, 해 지면 집에 들어와 있어야 하는 존재, 이성친구와 영화관도 가면 안 되는 존재, 남의 뒷담화를 하면 안 되는 존재, 욕도 하면 안 되는 존재, 분노조절 못하면 안 되는 존재, 무식하면 안 되는 존재, 스마트폰과 애니팡에 빠져 있으면 안 되는 존재, 식당에 가서 갑질하면 안 되는 존재, 운전하면서 핸드폰 하면 안 되는 존재, 할아버지, 할머니한테 말대꾸하면 안 되는 존재, 전화로 길게 수다 떨면 안 되는 존재, 지들 말을 듣는 둥 마는 둥 하면 안 되는 존재, 강아지와 아빠를 미워하면 안 되는 존재, 지들 친구 얘기도 함부로 하면 안 되는 존재 등등...

　아마도 내가 녀석들에게 들었던 잔소리를 땔감으로 사용했더라면 내 소원대로 겨우내 반팔을 입고 살았을 지도 모르겠다.

　내친김에 학부모란 뜻을 사전에서 찾아보니, 학생의 아버지나 어머니라는 뜻으로 학생의 보호자를 이르는 말이라고 쓰여 있었다. 부모에 학부모란 명칭은 보호의 차원을 더했다. 아마도 멀국이가 말하는 학부모는 보호의 차원을 더한 의미였으리라.

자신들이 알을 깨고 나온 세상에서 완벽한 어른으로 실드를 쳐 달라는 간곡한 부탁의 말, 말이다. 따지고 보면 내가 말했던 '학생'이란 명칭에도 보호의 의미가 숨어 있었다.

너희 스스로를 보호하고, 네 부모의 명예를 보호하라.

아이들은 아직 학부모의 자격을 갖춘 부모의 보호를 필요로 했다. 보호가 과잉으로 치솟는 순간, 학(虐:사납다, 학대하다, 혹독하다, 해치다, 험악하다)부모가 될 수 있다는 게 문제였지만 말이다.

그래, 아이가 바라는 좋은 학부모의 자격을 갖추기 위해서는 먼저 모범을 보이면 되는 거였다. 성인 사이트의 성인(成人)이 아니라 성인군자의 성인(聖人)으로 살아가면 되는 거였다. 그냥 자식이 원하는 계명을 잘 지키며 살아가면 되는 거였다.

1. 불법 사이트나 게임 사이트에 접속하지 말 것
2. 규칙적이고 올바른 생활에 모범을 보일 것
3. 어른을 공경함에 모범을 보일 것
4. 타인을 배려함에 모범을 보일 것
5. 짜증내지 말고, 고운 말 쓰기에 모범을 보일 것
6. 늘 책을 가까이 하며 깨어 있을 것
7. 자식의 의사를 존중할 것

8. 운전 똑바로 살 것

9. 겸손하고 정숙할 것

10. 용돈은 필요할 때마다 군말 없이 내놓을 것

세상에서 가장 어려운 게 있다면 아마도 좋은 학부모로 살아가는 것일 테다. 녀석들에게는 미안한 말이지만 나는 그렇게는 못 살겠음을 선언하겠노라!

그건 나더러 흠집 없는 다이아몬드가 되라는 얘기나 다름없는 거니까.

04

나 그냥
쉬운 엄마 되련다

난 자신이 없다. 아이들이 바라는 학부모로 살아가는 일이 말이다. 나는 결혼조차 어려워서 일찌감치 때려치웠던 사람, 클락션 누르며 유턴하는 별명이 김여사인 사람이다. 신호등도 안 지키는 나에게 아들이 원하는 계명을 지키며 살아가라면 나는 성인(聖人)이 되는 것도 성인(成人)이 되는 것도 포기하겠다고 하겠다. 그래서 녀석들에게 선포했다.

나 그냥 쉬운 엄마 되련다.
쉬운 걸음처럼 언제든 한 걸음에 달려 갈 수 있는

쉬운 대출처럼 문자 한통으로 용돈 얘기 할 수 있는

쉬운 다이어트 광고처럼 알면서도 속아주는

쉬운 유행가처럼 유치해도 박수 쳐주는

쉬운 사전처럼 무슨 말이든 통하는

쉬운 문제처럼 환하게 들여다보이는

쉬운 요리처럼 대충대충 복잡하지 않은

그냥 쉬운 엄마 되련다.

엄마는 지금까지 살면서 사는 게 쉽다고 말하는 사람들보다 어렵다고 말하는 사람들을 더 많이 보아왔다. 숨 돌릴 사이도 없이 사는 사람들은 숨 쉬는 것도 어렵다고들 말한다. 돈 버는 것도 어렵고, 먹고 사는 것도 어렵고, 건강하게 사는 것도 어렵고, 날씬해지는 것도 어렵고, 부자 되는 것도 어렵고, 가난하게 살아가는 건 더 어렵고, 죽는 것도 어려워 죽기보다 어려운 삶을 어쩔 수 없이 살아가는 거라고.

사랑은 또 어디 쉽더냐? 사랑이 얼마나 어려운 거면 '사랑 참 어렵다'라는 유행가를 그 많은 사람들이 따라서 흥얼거릴까. 얼마나 어렵고 괴로운 게 사랑이면 로미오와 줄리엣은 사랑 때문에 죽었다가 살았다가 다시 죽었을까.

쉬운 일 하나 없고, 쉽게 되는 일 하나 없는 이 쉽지 않은 세상, 멀국이 너 같은 경우엔 기를 쓰고 안 나오겠다고 버텨서 유도분만촉진제를 맞고, 그러고도 하룻밤이나 더 버티고 힘을 줘서 꺼낸 아이다. 너희를 이 힘든 세상 밖으로 내 몬 것도 미안한데 더 이상은 힘만으로 밀어내고 싶지가 않다. 재촉하느라, 들들 볶느라, 괴롭히느라, 쌈질 하느라 기운을 빼고 싶지가 않다. 그럴 기운 있으면 마당의 잡초 한 포기를 더 뽑자는 생각이다.

저 들판의 만물처럼 어차피 때가 되면 너희들 몫만큼의 꽃을 피우고, 열매를 맺고, 나고 지고 할 것을 금방 풀어질 화는 자꾸 내면 뭣하겠으며, 곧 무너질 권위와 자존심은 세워서 뭣하겠으며, 어차피 이것도 저것도 네들이 알아서 잘 할 일들인 것을, 이거해라 저거해라 잔소리는 늘어놓아서 뭣하겠냔 말이다. 그건 아직 키가 다 자라지 않은 아이에게 왜 어른처럼 키가 크지 않은 거냐고 다리를 잡아 늘이는 행위나 다름없는 일이다.

데미안의 화자 싱클레어의 고백처럼 엄마가 아니더라도 너희는 너희 안에서 저절로 우러나오는 것에 따라 살아가려는 것만으로도 충분히 어려운 삶을 살아가고 있는데 말이다.

딱 한 가지만 부탁하마.

엄마 품에서 네들 몫의 젖을 쭉쭉 빨았던 것처럼 이젠 자연의 공법을 따라 네들 인생을 맘껏, 하고 싶은 대로 펼치렴. 그렇게라도 이 어려운 세상 물 흐르듯 살아가거라.

그리고... 쉬운 약속 하나 해 주마. 쉬운 엄마는 되돼, 쉬운 여자는 되지 않을게. 그건 내 인생도 네들 인생도 너무너무 어렵고 복잡스럽게 하는 일이니까.

어렵고 복잡한 거라면 질색인 나는 쉬운 엄마가 되기 위해 서울을 떠나 숨 쉬기 좋은 이곳 향천리 마을로 이사를 했다. 이곳은 공기 좋고, 물 맑고, 숨 쉬기에 딱 좋은 곳이다.

도로가 뻥 뚫려서 운전을 하기에도 쉽고, 담이 없어서 이웃에게 말을 건네기도 쉽고, 학교 시험 문제도 쉽다. 층간 소음이 없으니 아이들이 기타를 치며 마음껏 노래를 하기에도 쉽고, 현관문만 열면 풀밭이니 강아지를 키우기에도 참 수월하다. 쉬운 곳에서 아이들을 키우다 보니 나도 모르는 사이 점점 쉬운 엄마가 되어가고 있더라.

키워 먹기에 까다롭기로 소문났던 멀국이 녀석도 점점 쉬워지고 있다. 공부도 쉽게쉽게 하고, 친구들도 쉽게쉽게 사귄다. 둘째 엄껌인 아직까지 용케 사고 한 번을 안쳤고, 사고뭉치였던 큰 애 멀국인 이제 새 사람이 된 듯하다. 게다가 엄마가 보는 책 제목이 애처로운 냥 남사친을 만나라는 권유도 서슴지 않는다.

모 상담전문교육기관의 강사가 우리 애들이 다니던 중학교에 방문해 학부모 심리검사를 한 적이 있었는데, 그때 이런 말을 하더라.

"이곳 엄마들의 경쟁지수는 최하위인데 만족지수는 최고의 수준을 자랑합니다. 어디 가서 자랑을 해야 할지 말아야 할지에 대해서는 잘 생각해 보고 하십시오."

경쟁심이 낮기 때문인지, 자존감이 높기 때문인지, 이곳 사람들은 옷차림이나 머리 모양도 늘 대충대충이다. 걸음과 말도 느리다. 사람이 입에 풀칠만 하고 살면 되지, 하는 생각으로 애써 일류대 문턱에 목을 매지도 않는다. 내가 가장 혐오하는 돈벌레를 보고도 "아이고 오늘은 또 돈을 월매나 많이 가져 온 겨." 하며 복덩이 애견을 키우듯 벌레랑도 쉽게쉽게 잘 살아간다. 지네나 뱀을 봐도 대수롭지 않게 생각하고, 밭도 수월하게 맨다. 밭에 난 풋고추 한 주먹 따서 고추장에 푹 찍어 한 끼 해결하면 그만이라는 식이다. 돈은 없으면 안 쓰면 그만이고, 있어도 쓸데가 없다는 식이다. 관광여행을 위해 돈을 모으지 않아도 눈 뜨면 자연이 내게로 와 있으니 이 보다 더 쉬운 인생이 어딨겠냐고들 한다. 그런데 여기 사람들도 꼭 끝에 가서는 같은 말을 하더라. 똑같이 한숨도 쉬더라.

"먹고 사는 거 참 헐치 않구먼. 휴우."

먹고 사는 게 어려운 건 게나 예나 같은 모양이다. 단, 난이도와 강도를 달리할 뿐이다. 높은 난이도를 버티다가 온 나에겐 이곳이 아직은 쉽다. 그런 의미에서 쉬운 생각 하나를 슬쩍 건네 본다.

먹기 위해 숨 쉬는 게 어려운 게 아니라 먹고 죽을 때까지 숨을 쉰다는 게 얼마나 감사한 일이던가.

'이제야 엄마가 재밌다'
비하인드 스토리

❶ 키다리 아저씨와의 상봉

드디어 키다리 아저씨와 상봉이 이루어졌다. 녀석이 찾은 게 아니라 내가 찾았다. 그의 이름을 '키다리 아저씨'로만 기억하는 녀석이 찾는 거 보다 그의 이름 석 자를 똑똑히 기억하는 내가 찾는 게 더 빨랐으니까. 사실은 그의 명함이 내 오래 된 명함첩 어딘가에 꽂혀있었다. 그에게 5년 만에 문자를 보낸 건 멀국이의 말대로 좋은 사람이었고, 인생 살면서 그렇게 좋은 사람 만나기가 쉽지 않기 때문만은 아니었다. 실은 궁금했다. 그의 올가미 어머니가. 아니, '올가미 어머니'의 아들인 그가 어떻게 지내는지, 올가미에 덮인 한 남자의 삶이 얼마나 안녕하신지가.

"오빠 잘 지내시죠?"라고 썼다가 "오빠 잘 지내지?"로 고쳐 썼다. 군이 낯선 존댓말이 아니어도 그에게 내 문자는 낯설 거였으니까. 그러나 낯설기는커녕 기다렸다는 듯 전송을 누른지 3초도 안 돼서 답장이 왔고, 5년 만의 회포를 풀듯 속사포와 같은 문자를 주고받았다.

그는 박사학위를 받았고, 재혼을 했다는 반가운 소식을 전했으며, 재혼한 그 여인과는 또 다시 이별을 했다는 충격적인 소식을 전했다. 그 중심엔 역시 그의 올가미 어머니가 있었다.

그는 오랜 만에 문자를 주고받는 가운데에서도 울 애들의 안부를 물었고, 끝인사를 하기도 전에 "우리 애들이랑 같이 한 번 보자." 라는 말을 남겼다. 예나 지금이나 그가 말하는 '우리'엔 꼭 울 애들이 있었고, 그럴 때마다 난 속으로 말했다. '이 오빠 이러는 거 올가미 어머니가 아시면 어쩌려고. 감당도 못 할 거면서.' 그랬기에 그의 호의엔 감동보다 감정이 먼저 앞섰다. 불안한 감정, 불편한 감정, 불쌍한 감정. 그래서 나는 그를 향해 치닫던 감정에 데지 않기 위해 언제나 정신 줄을 꽉 붙들었다. 화상을 입는다면, 나만이 아닌 울 애들을 포함한 '우리' 모두일 테니까.

❷ 워먼 요우 바배(우리 아빠 있어요)

우리가 '키다리 아저씨'를 만난 건 애들아빠가 한국으로 돌아가고 일 년이 지난 이른 봄날이었다. 중국어가 서툴렀던 나는 반벙어리처럼 생활했지만, 중국 유치원에 다녔던 아이들은 제법 그럴싸한 중국말을 종알거렸다. 어디를 가든 엄마에게 통역을 한답시고 병아리처럼 삐약거리던 한국 아이들을 중국 사람들은 마치 요정인 듯 신기하게 바라보았고, 덕분에 아이들과 동행했던 순간만큼은 매우 호의적인 중국인들을 만날 수가 있었다.

그러나 사우나에 입장할 때만큼은 예외였다. 여탕 앞에서의 아이들은 더 이상 귀여운 병아리나 요정이 아니었다. 여탕 입장이 불가한 '남성'으로 불가침 제재를 당했던 것이다.

애들아빠가 한국으로 돌아 간 후 아이들을 데리고 처음으로 사우나를 갔던 날, 말끔한 제복을 차려입은 중국인 남자 종업원은 기린처럼 긴 목을 내밀어 우리를 주시했다. 그러고는 내 손을 잡아끌어 여탕 입구로 들어가려던 아이들을 가로막으려 긴팔을 뻗었다. 그가 '입장불가' 명령을 내렸을 때, 나는 아빠 없이 사내아이들을 키워야 하는 현실을 처음 피부로 느끼며 흐느꼈다.

'나의 어여쁜 아가들아, 이제부터 시작이구나. 우리 잘 해낼 수 있을까!'

낯선 아저씨의 제재로 겁에 질린 아이들은 꿀 먹은 벙어리가 되어 버렸다. 대신에 중국어라면 반벙어리였던 내가 말문을 열었다. 엄밀히 따지자면 종업원은 자신의 임무에 최선을 다하는 중이었다. 잘못이 없는 사람에게 잘못을 따지기에 턱없이 짧은 중국어였지만, 아는 몇 개의 단어를 조합해 겨우 내뱉은 말이라는 게 이랬다.

"타먼 메이요우 바바."

통역을 하자면 이 아이들은 아빠가 없어요, 라는 사실이기도, 사실이 아니기도 한 말이었다. 아빠와 함께 오지 못했고, 아직 어린 아이들이니 한 번만 봐달라는 말을 전하고 싶었다. 타협을 위한 마땅한 언어를 모르는 답답함을 안고 타먼 메이요우 바바를 다시 한 번 터트리려는데 두 아이가 울음소리를 먼저 터트렸다. 둘이서 쌓아올린 레고가 와르르 무너졌을 때처럼 설움에 가득 찬 울음이었다.

울음소리는 아이들의 의사를 가장 명확하게 전달하는 만국의 공용어였다. 중국인 남자 종업원과 나는 '삐요삐요'를 울음으로 터트린 아이들의 언어에 그만 실랑이를 멈추고 아이들 앞으로 달려갔다. 이전까지만 해도 팽팽하게 맞서던 그와 내 얼굴엔 이내 당혹스러움이 드리워졌다. 어른들의 눈길이 닿지 않은 사이 아이들에게 발생했을지 모르는 사고에 종업원은 책임을 지겠다는 자세로 아이들의 어깨를

토닥거렸고, 나는 전적인 책임은 나에게 있다는 죄책감으로 두 아이를 끌어안았다.

"내 강아지들 왜 울어, 무슨 일 있어?"

"우리 아빠 있잖아, 그런데 엄마는 왜 없다고 했어!"

멀국이가 동생 엄껌이의 의사까지 대변해 또박또박 전한 모국어이자 울분의 규탄이었다.

피난 중에 애써 기침을 참듯 애들아빠의 존재를 감추려했거나 부인하려했던 건 아니었다. 어떻게든 아이들과 사우나에 입장만 하면 된다는 식의 억척도 아니었다. 문제는 단지 서툰 중국어 실력 때문일 뿐이었다.

"미안해, 엄마가 중국말을 못해서 그랬어."

한참을 흐느끼고 난 아이들이 합창을 하듯 중국어를 내뱉었다.

"워먼 요우 바바!(우리 아빠 있어요!)"

주변의 시선을 주목시켰던 아이들의 합창에 나는 망연자실했다. '요우'냐(있냐), '메이요우'냐(없냐)의 문제가 아니었다. 앞으로 펼쳐질 이런 류의 일들을 잘 견뎌낼 수 있을 지, 없을 지, 나야말로 '삐요삐요'를 울음으로 터뜨리고 싶은 순간이었다. 때마침 한 번도 본 적 없던 남자가 우리 앞에 나타났다. 이미 사우나 가운을 입고 있던 남자는 제법 유창한 중국어로 종업원에게 설명을 끝내고는 아이들을 향해 훈훈한 미소를 지어 보였다. 그러고는 내게 말했다.

"제가 아이들을 씻기고 사우나 내에 있는 한식당에 가서 기다리고 있겠습니다. 거기서 뵙도록 하지요."

그는 한국 남자였다. 외모나 말투에서 풍겨 나오는 격으로 보았을 때 거짓말을 할 사람처럼 보이지는 않았다. 유괴범처럼 보이지도 않았다. 그러나 그의 호의를 거절 한 건 그 자리를 벗어나고 싶다는 생각만이 맴돌았기 때문이었다. 이미 격한 감정에 젖어 사우나에 들어갈 마음조차 사라져버린 터였다.

그의 호의를 정중히 거절한 나는 울음을 멈춘 아이들에게 집으로 돌아갈 이유를 설명한 후 회전문 쪽으로 앞장섰다. 물장난의 기대에 한껏 부풀어 있던 멀국이가 유난히 떼를 썼지만, 힘껏 미간에 팔자를 그리며 아이의 손을 쇠고삐 당기듯 잡아끌고는 사우나를 빠져나왔다.

❸ 키다리 아저씨

솔직히 남자의 얼굴을 차마 똑바로 쳐다볼 수가 없었다. 첫째는 창피했고, 둘째는 뚫어지게 쳐다볼 만큼 빼어난 미남이 아니기 때문이었다. 더 솔직한 이유를 말하자면 서둘러 집으로 돌아가 이불 속에 파묻혀 엉엉 울고 싶었다. 엉엉 울어야할 일들 뿐일 거 같은 세상의 한가운데에 선 나는 어디든 숨어서 울음부터 터트리고 싶었다.

하지만 눈물의 순번조차 아이들의 눈물이 더 먼저인 나는 엄마였다. 물놀이의 기회를 잃어버린 아이들은 울음을 멈추지 않았고, 나는 하릴없이 아이들의 울음을 달래기 위해 마트에 들렀다. 그리고 중국산 고무대야 두 개를 구입했다. 커다란 고무대야에 물을 받아 집에서 물놀이를 시켜줄 셈이었다.

아이들은 물놀이를 좋아했다. 따뜻한 물속에 몸을 담그고 첨벙거릴 때마다 천사의 미소가 뽀얀 김 속에서 해맑게 피어났다. 물통에 앉아서 첨벙거리는 아이들의 웃음소리를 듣는 일은 마치 아이들을 품에 안고 있는 듯 나에게도 안정이 되는 일이었다. 하지만 무거웠다. 아이 둘을 데리고 고무대야를 이고 지는 일은. 그 때까지만 해도 배달문화가 정착되지 않았던 중국에서는 무거운 물건을 구입할 때마다 이런 식의 고생을 감수해야만 했다.

나는 마치 먹이를 운반하는 일개미처럼 광활한 아파트 광장을 대각선으로 가로질렀다. 고무대야 두개를 들고, 다리가 아프다고 우는 엄껌이를 업고, 동생만 업었다고 떼를 쓰는 멀국이의 손을 이끈 나는 끙끙 거리며 생각했다.

내가 뭘 그렇게 잘 못 했기에!

형벌과 같은 현실이 계속해서 우리 앞에 민낯을 드러내리란 예측을 하니 맥이 풀렸다. 사실은 아이들이 있었기에 무거운 대기를 깃털처럼 날고 있었다. 그러나 이고 져야 하는 꼬맹이들이었으니, 더러는 고무대야처럼 버겁기도 했을 것이다. 고무대야 두개와 엄껌이를 번갈아 안느라 강아지처럼 졸졸 쫓아오던 멀국이에게 환하게 웃어 주는 일조차 잊고 있었다. 잠깐의 휴식을 맞이하듯 걸음을 멈춘 나는 땟국물이 번져 있던 아이들의 우윳빛 얼굴을 뚫어지게 쳐다보았다. 아이들의 눈을 바라보며 과거의 내가 아닌 듯 결심했다.

'철근보다 더 무거운 짐을 이고 졌다 하더라도 텅 빈 광장을 지나야 집에 이를 수 있듯, 내 앞에 놓인 가시밭길을 지나 이 달갑지 않은 운명의 통로로부터 당당히 해방되리라.'

비장의 각오로 허공을 응시하던 중 한 남자가 우리 앞에 바람처럼 나타났다. 사우나에서 만났던 한국 남자였다. 여기까지 와서도 스토커를 만나다니. 아무튼 이놈의 미모란. 순간, 잠자고 있던 공주병이 발동했다. 잠시 나는 삶의 무게를 내려놓았고, 그는 힘이 풀린 내 손에서 고무대야 두 개를 강탈해 번쩍 들어 올렸다. 마침내 두 손이 가벼워졌다. 덕분에 업고 있던 엄껌이의 엉덩이를 번쩍 들어 올릴 수 있었다.

"이렇게 무거운 걸 왜 한꺼번에 두 개씩이나…"

"아이가 둘이잖아요. 한 아이가 울면 한 아이는 더 슬퍼하는 쌍둥이 같은 형제에요."

"보통의 애들은 싸우는 게 일인데, 우애가 좋다니 엄마로서는 큰 복이십니다."

"복… 기분이 좋아지는 말이네요. 그런데 여긴 무슨 일로?"

"네. 저도 여기 살거든요. 101동 18층에 삽니다."

"어? 저희는 12층에 살아요."

"알고 있습니다. 이 귀여운 녀석들은 이미…"

이미 우리 아이들을 꼬마 이웃으로 맞이했다는 그의 말에 비로소 얼굴을 올려다 볼 수 있었다. 역시 내 스타일의 남자가 아니었음에 옅은 미소를 지어 보였다. 그는 20대나 소화할 수 있는 찢어진 청바지가 잘 어울리는 40대 초반의 남자였고, 매우 '한국인다운 한국사람'이었다. 그리고 그 날까지만 해도 그는 타국에서 한 번의 신세를 진 고국 동포일 뿐이었다.

❹ 엄마의 혹성 탈출

연고도 없이 두 아이와 홀로 중국에 남게 된 나는 중국판 B 지역정보신문사를 운영했다. 자본과 능력, 게다가 경험까지 전무했던 나는 돈을 벌겠다는 마음보다는 우선 중국을 알기 위한 학습의 장이 필요하다고 생각했다. 어디에서 그렇게 기특한 생각이 나왔는지는 모르겠지만, 중국을 알고 난 후에나 돈을 버는 일이 수월해질 것만 같다는 명견만리가 생겨난 것이다.

한국에 있는 지인들은 뭣도 모르면서 까분다고 비웃었지만, 그럴수록 나는 두고 봐, 내가 나중에 어떻게 되는지, 하며 더 까불었다. 물론 지인들의 코를 납작하게 해 줄만한 성공신화 같은 건 일어나지 않았다.

'무식하면 용감하다'란 말이었을 것이다. 나에게 필살기의 힘을 가져다 준 동력과 돈키호테의 코스프레가 가능하도록 만들었던 괴력은.

조선족 직원들의 도움을 받아 상표를 등록 한 후 조그마한 사무실을 얻었으며, 중고 컴퓨터와 가구로 빈 공간을 채웠고, 직원들도 채용했다. 그러고 나니 사람들은 나에게 '정 사장'이라는 호칭을 붙여 주었고, 졸지에 내게는 누구누구 엄마에서 '사장님'이라는 호칭이 붙었다.

기분이 묘했다. 겁이 나기도 했지만 무언가 새로운 세계가 펼쳐질 것만 같은 기대에 가슴에서는 새 희망이 넘실거렸다. 고무대야 두개를 들고 아파트 광장을 가로질렀을 때의 결심처럼 내 앞에 펼쳐진 빈 공간을 씩씩하게 채워가고 있음에 자부심도 느꼈다.

일을 시작하면서 나는 아이들의 육아일기를 쓰는 대신 업무일지를 썼으며, 아침마다 아이들의 아침밥을 챙기느라 부산을 떨었던 대신 화장을 하고, 이 옷 저 옷을 입고 벗느라 동분서주 했다.

다행히 8위웬화(당시 한화 약 10만 원)에 고용되었던 보모 덕분에 워킹맘으로 조금씩 안정을 찾아갈 수 있었다. 타자의 삶을 예의주시 했던 한인 사회에서 내가 보모에게 임금을 올려줬다는 소문이 퍼지자, 나 같은 한국 사람들이 인건비 상승의 원흉이라며 여기저기에서 비난이 쏟아지기도 했다.

그러나 비난뿐 아니라 경제적인 어려움을 감수하면서까지 보모에게 임금을 더 지불했던 건 그분이 지닌 노동의 가치에 대한 마땅한 보답이기도 했지만, 멀국이와 엄껌일 엄마처럼 돌보아 줄 14억 중국 인구 중 단 한 사람에 대한 잠금장치이기도 했던 것이다.

주부가 돈을 벌기로 마음을 먹었으면, 가사 도우미부터 쓰라는 주장은 과히 맞는 말인 것 같기도 했다. 우리가 정실이 이모라고 불렀던 보모는 집안을 모델하우스처럼 깔끔하게 꾸몄고, 공간은 언제나 섬유 유연제 향기와 밥 냄새로 메우었다. 덕분에 내가 없는 가운데에서도 집안은 안온했으며 백합을 닮은 정실이 이모의 품안에서 아이들은 무럭무럭 잘 자라 주었다.

그 뿐이 아니었다. 정실이 이모는 나에게도 깍듯한 예의와 격려의 말들을 아낌없이 전하며 내 노동의 수고에 힘을 보태 주었다.

서로의 노동을 귀하게 여기는 마음이 바탕이 된 우리의 관계엔 타국인을 향한 텃세나 고용인을 향한 갑질 따위의 참극이 벌어질 리가 없었다. 문화가 다른 삶을 살아 온 우리였지만, '여자'와 '엄마'라는 지점에서 만난 '미생(未生)'인 서로의 마음을 참으로 잘 보듬은 까닭이었다.

❺ 초보 워킹맘의 폭풍직진

나는 아침마다 빵과자처럼 두둑하게 만든 명함첩을 들고 심양의 거리를 누볐다. 그리고 저녁이면 빈대떡처럼 납작해진 명함첩을 바라보며 희열을 느꼈다. 하지만 두 아이에 대한 애처로움으로 늘 희비가 엇갈렸던 워킹맘의 하루가 그다지 달콤할 리는 없었을 테다. 일을 하는 동안에도 수시로 아이들과 전화통화로 안부를 주고받았지만, 마음에서는 안도보다 아이들이 겪을 상처가 더 염려되었다. 갑자기 한국으로 떠나버린 아빠와 아침마다 일터로 나가버린 엄마가 없는 공간을 버텨 내는 어린 두 마음의 고충을 생각하며 화장이 지워지도록 울었을 때도 많았다. 그러나 원래 없던 세상을 맞이한 아이들은 세상이 원래 그러했던 것처럼 잘 버티며 기다려 주었다.

엄마가 돌아 올 시간, 우리가 당도할 행복의 시간을.

초보 워킹맘이었지만 나는 제법 잘 해냈다. 사실 두려운 홀로서기였지만 늘 당당한 척, 강한 척, 외연에 힘을 더했다.

나는 엄마였으니까.

지역 정보 신문사 대표란 명함의 무게는 각 기업이나 업체의 문을 쉽게 두드릴 수 있도록 용기를 부추겼고, 실제로 업주들은 젊은 한국여 대표의 방문을 쌍수 들어 환영했다.

신문사의 주된 수입원인 광고를 받기 위해 북한에서 운영하는 북한 식당, 한족이 운영하는 보이차 상점, 술집, 식당, 빵집, 안마원, 사우나, 가구점 등을 방문하며 광고를 받았지만, 대부분 무료 광고가 태반이었다. 무료 광고로라도 지면을 채워 신문다운 모습을 갖추어야 유료 광고를 받을 수 있었는데 집 바둑을 두듯 발품을 팔다보니 점점 유료 광고가 쌓이기 시작했다.

그러던 어느 날, 신문의 한 페이지를 전부 사겠다는 기적 같은 문의전화가 걸려왔다. 전화를 걸어 온 젊은 조선족 남자는 자신을 중국 아파트를 분양하는 모 건설업체의 직원이라고 소개했다. 그는 중국의 다섯 손가락 안에 드는 건설업체에서 짓는 고급 아파트의 분양광고를 우리 신문에 내겠다고 했다. 수화기를 내려놓은 나는 "되에박!"을 외쳤다. 제 발로 걸어 들어 온 아파트 전면 광고라니! 그 후 한 동안 연락이 없었기에 장난 전화인가 했는데 며칠이 지난 후, 그 직원으로부터 다시 연락이 왔다.

"오늘 오후 쯤 계약을 하려고 하는데, 시간이 어떠신지요."

뭐가 어떻겠는가, 버선발로 달려 나가 맞이해야지. 국적이 다른 젊은 남성에게 그토록 가녀린 목소리를 뿜어내기 위해 배에 힘을 힘껏 주었던 건, 아마도 그 때가 처음이자 마지막이었으리라.

"예, 괜찮습니다."

"그럼 저희 사장님 모시고 오후 세시 쯤 도착하겠습니다."

사장님? 한족일까, 조선족일까, 몽골족일까, 만주족일까, 아님 일본 사람일까. 누구라도 대환영이었다. 그러나 전면 광고주를 모시기엔 한 없이 누추한 사무실이었다. 나는 수화기를 내려놓자마자 직원들을 일거에 일으켜 세웠다. 우리는 마치 국빈을 맞이하듯 대청소를 시작했다. 빈 음료수 병이 주둥이를 내밀고 있던 쓰레기통을 비우고, 신문이 널브러진 책상을 말끔히 정리한 후 쩐내 가득했던 공간에 'LUCKY'라는 글자를 그리며 방향제를 뿌렸다.

그리고 맨 마지막, 나는 화장실로 뛰었다. 화장을 고치기 위해서였다. 토닥토닥 볼에 분첩을 두드리고, 빨강색 립스틱을 칠했다가 다시 살구색 립스틱으로 고쳤다. 누추한 사무실의 대표일지언정 그래도 얼굴만큼은 대륙의 미인이라는 소리를 듣고 싶었다.

정한 시간이 되었다. 횡단의 병사들인 냥 제복을 갖춘 무리들이 마치 문 밖에서 기다렸다는 듯 시간에 맞추어 입장을 했다. "안녕하세요." 라고 먼저 인사를 전한 사람은 전화통화를 했던 조선족 직원이었다. 그의 뒤엔 짧은 미니스커트를 제복으로 갖춘 조선족 여직원이 서 있었고, 그녀 뒤에 서 있던 작달막한 한 남자를 주시해야 한다는 것을 육감적으로 느끼고 난 후에야 "저희 사장님이십니다."라는 소리가 귀에 박혔다. 그는 내게 익숙한 시선을 보냈고, 키가 작은 남자였고, 아는 얼굴이었다.

나 정말이지 쓰러지는 줄 알았다. 광고주란 남자... 18층... 그 남자였던 거다.

❻ 다시 혼자가 된 사람들

어릴 적부터 진 웹스터의 '키다리 아저씨'란 책을 좋아했던 나는 책장을 넘기는 내내 "어우 진짜, 지지배!"를 연거푸 내뱉었었다. 남자에게 사랑 받는 법을 알아도 너무 잘 아는 주인공 주디를 향한 감탄사였다. 나는 편지를 잘 쓰는 주디가 참으로 부러웠다. 나에게도 조잘조잘 쏟아내는 이야기들을 때로는 엄마나 언니처럼, 때로는 오빠처럼 들어주는 키다리 아저씨 같은 사람이 있었으면 좋겠다는 생각을 종종 했었다. 그런 아저씨의 사랑을 받는 주디가 정말정말 부러웠던 게다. 게다가 학교도 보내주고, 용돈도 주고, 모든 필요를 채워주는 화수분 같이 든든한 후원자가 키다리 아저씨라는 점은 책을 덮어 버리고 싶을 정도로 배가 아픈 일이었다.

그런데 18층 남자를 최대의 광고주로 만났을 때, 내게도 키다리 아저씨가 생겼다는 벅찬 감동에 안드로메다로 떠나 있던 엔돌핀들이 은하수처럼 쏟아져 내렸다. 아무래도 중국이란 대륙의 운대가 나와 잘 맞는 모양이었다. 십 수 년 동안 꿈꾸었던 키다리 아저씨를 중국에서 만나다니.

비록 키가 작은 아저씨였지만, 주디의 키다리 아저씨처럼 조잘대는 나와 울 애들의 얘기를 잘 들어 주었을 뿐 아니라 최대의 광고주가 되어 줌으로써 나의 필요를 채워주었고, 울 애들의 장난감은 필요로 하기도 전에 사다 날랐다. 나중에 직원들의 귀띔으로 알게 된 소식에 의하면 우리 신문에 광고를 내는 문제를 놓고 그쪽 회사 내부에서는 무척이나 반대가 심했다고 한다. 큰 물고기는 큰물에서 놀아야지 도랑에서 놀 수 없다는 식의 만류는 어쩌면 당연한 일이었을 테다. 그러나 임원들을 가까스로 설득한 그의 눈에는 내가 주디처럼 어려워 보였던 모양이다. 뿐만 아니라 명문대에서 경영학 석사과정을 이수하고, 기업의 경영자로 뛰어난 면모를 갖추었던 그는 마치 자기 개발서처럼 내게 경영전략을 알기 쉽게 가르쳐 주기도 했다.

탈 아줌마를 선포하고, 창업 여성으로 정착했던 과정에서 그는 좋은 멘토가 되어 주었으며 울 애들에게는 좋은 남자 어른이 되어 주었다. 울 애들과 나는 만장일치, 그를 '키다리 아저씨'라고 불렀다.

그는 나보다 두 살 연상이었으며 나처럼 슬하에 두 자녀가 있었다. 더 대박인 건 그 역시도 이혼남이었다는 거다. 붉은 장미가 벽면을 가득 메웠던 카페에서 "저도 그 사람과 헤어진 지 얼마 되지 않았습니다."하며 악수를 청하듯 고백을 내뱉었을 때, 나는 '이거 완전 장난 아닌걸!'하며 동공을 크게 열었다. 눈에 힘을 주어 정신을 바짝 차린 건 혼자 된 내가 혼자된 남자와 마주 앉은 처음의 순간이기 때문이었다.

'다시 혼자가 된 사람들'에겐 '처음부터 혼자인 사람들'에게 없는 '덴 흉터'와 '겁'이란 게 존재했다. 물론 그에게 쉽게 마음의 문을 열지 않았던 진짜 이유는 따로 있었지만 말이다. 알고 보니 키다리 아저씨처럼 그 역시도 올가미 어머니의 보호를 받으며 자란 명문가의 귀남이 되시는 분이었다. 그런 분과 손이라도 잡았다가 그의 올가미 어머니에게 들키는 날엔! 나 역시도 귀남이 같은 아들이 둘이나 딸린 소중한 몸이었다. 모두가 소중한 가운데 올가미 어머니로 인한 붕괴는 불을 보듯 훤한 일이었다. 그로써 나는 그에게 '여자사람친구'이상의 마음을 열지 않겠노라고 결심했다.

먼 타국에 있는 '귀남이' 아들에게 시도 때도 없이 전화를 걸어 안부를 묻고, '사사건건'을 지배하려했던, 그의 어머니의 모습은 나의 첫사랑을 갈라놓았던 P의 어머니와도 흡사했다. 스물두 살에 만난 나의 첫사랑 P는 종갓집 장손으로 일찍이 집안에서 정한 결혼 상대가 있던 사람이었다. 그럼에도 불구하고 드라마 '상속자들'에서 김탄이 차은상에게 그랬듯 나에게 구혼을 하더니 연애를 반대하는 어머니라는 태양이 떠오르자 어느 날 갑자기 이별을 선고했다. 한 남자의 자태가 뿜어 낼 수 있는 최고의 찌질한 뒷모습을 바라보며 나는 나중에 아들을 낳거든 태양 같은 어머니는 되지 않겠노라고 결심했다.

키다리 아저씨의 이혼 사유가 어머니 때문이었다는 사실과 그런 어머니를 순한 양처럼 따르던 그에게 나는 친구사이의 우정만을 돋

독이 다지자고 했다. 멀국이의 말대로 그는 좋은 사람이었으니까.

　우리는 타향에서 만난 반가운 고국 친구로, 교회에서 주님의 은총을 나누는 형제자매로, 아래 위층에 살며 따뜻한 음식을 나누고, 서로에게 없는 물건을 빌려 쓰는 이웃으로 사이좋게 잘 지냈다.
　아주 예의 바르고 깍듯하게.

❼ 키다리 아저씨의 고백

　소식이 끊긴지 5년 만에 다시 만난 키다리 아저씨와 나는 마치 어제 만난 사람들인 냥 수다를 늘어놓았다. 입에도 안 된 커피가 식어가는 줄도 모르고 우리는 서로에게 일어난 많은 변화들을 고백처럼 늘어놓았다. 고백은 역시 진솔한 만큼 충격을 동반했다. 안 들으니만 못한 고백이 있는가 하면 가슴이 뻐근할 정도로 후련한 고백이 있었으니까. 다행히도 우린 서로의 고백에 잘했다며 '브라보'를 외쳤다. 뼛속까지 도시 여자처럼 보였던 내가 시골로 이주를 했다는 사실에 그는 충격적이지만 그래도 잘했다고 박수를 쳤고, 뼛속까지 마마보이처럼 보였던 그가 어머니의 올가미로부터 빠져 나왔다는 고백을 전했을 때 나 역시도 충격 속에 박수를 보냈다. 그리고 그는 누구에게도 전하지 못한 고백을 여사친인 내게 털어 놓았고, 내가 집필 중이라고 전한 '두 아들과 함께 하는 행복 인생 이야기'에 자신의 고백을 쓰도록 허락했다.

그가 고백했다. 자신을 향한 어머니의 집착이 사실은 아버지의 잦은 외도에서 비롯된 빗나간 사랑이었다고. 열아홉에 결혼을 한 그의 어머니는 그의 아버지의 잦은 외도로부터 가정을 지켜내기 위해 장남인 그를 기둥처럼 붙잡은 거였다고. 그는 매일 어머니의 얼굴을 아침 해처럼 맞이했다고. 그가 눈을 뜰 때까지 머리맡에 앉아 있던 그의 어머니는 장남아, 넌 나의 생명이자 전부이다, 를 되뇌시고 또 되뇌셨다고. 그렇게 그의 어머니는 자신의 전부를 다 바쳐 어디 하나 부족함 없이 장남인 그를 키워냈고, 한결같은 어머니의 사랑과 한탄을 축적하며 성장한 그에게 어머니는 세상의 중심이었노라고. 그리고 어머니의 세상에서는 그가 중심이었노라고.

그가 아버지의 죄를 뒤집어 쓴 억울한 수감자로 살아 온 덕에 그의 부모님은 이혼을 면했지만, 정작 그는 자신의 짝을 건지고 지켜내는 데는 용기와 창의성을 잃어버렸다. 불행으로 말할 것 같으면 제법 큼직한 일련의 사고들을 겪으며 그는 두 명의 배우자와 이별과 사별을 경험했다고 했다.

두 번째 사랑을 하늘나라로 떠나보내고 난 후에야 그는 어머니가 중심에 선 세상을 무너뜨리겠다고 결심했단다. 위대한 결심을 한 그는 어머니에게 충격적인 고백을 전했다고 했다.

"제 인생의 중심에서 그만 빠져 주십시오!"

고백을 전하던 그는 수감자의 딜레마에서 막 빠져나온 듯 연거푸 담배연기를 내뿜었다. 그리고 나에게 긴 당부의 말을 전했다.

"친구야, 아들의 세상에 중심에 선 엄마는 되지 마라. 아니 한 발짝도 내밀지 마라. 네 외로움과 허기짐을 자식으로부터 채우려고 하지 말고 그저 홀로서기에 당당해져라. 현미경을 들여다보듯 자식의 일거수일투족에 관여 말고, 머리카락 한 올도 주워 담으려 하지 마라. 그건 세상에서 가장 쉬운 도적질이며, 복잡한 심판을 받게 될 가장 모순된 선행이다. 생물학적으로 만들었다고 해서 전부를 소유할 수는 없는 것이다. 부모는 자식에게 보통의 사회생활과 보통의 판단을 하며 스스로 살아갈 힘을 남겨 준 것만으로 최선을 다한 것이다. 그이후의 판단과 결정에 조언자가 될지언정 지배자는 되지 마라. 결정자도 되지 마라. 멈추어야 할 시점과 어느 경계에서 발을 빼야하는지를 아는 현명한 엄마가 되어라. 그게 안 될 거 같으면 그냥 바깥에 머물러라. 자식을 잉태하고 열 달을 그러했듯 산처럼 부푼 뱃가죽인 채로 살아라. 그 안에서 아이는 알맞게 성장하고 때가 되면 울음소리를 터트릴 것이다. 부모는 그것으로 충분하다."

나는 그의 조언을 마냥 유쾌하게 받아들일 수만은 없었다. 결코 쉬운 일이 아니기 때문이었다. 자식새끼 걱정에 한 시도 마음을 놓을 수 없는 살벌한 세상에 살아가며 나 역시도 은장도를 품듯 올가미를 품고 살아가는 엄마였으니까.

시골에 와서야 겨우, 아이들의 세상으로부터 빠져 나오려는 노력이 가능해진 건 사람보다 자연을 더 가까이한 것에 대한 응답이었다.

나는 아들의 세상에 개 코를 킁킁거리고 싶을 땐 솔향기에 코를 맞댄다. 아들의 세상에 매의 눈을 부릅뜨고 싶을 땐 밤하늘의 별을 바라본다. 아들의 세상에 박쥐의 초음파 탐지기를 장착하고 싶을 땐 현란한 춤사위를 벌이며 노래하는 새소리, 물소리에 귀를 기울인다.

그렇게 한숨과 걱정을 자연에 내뿜고 살아간다. 그렇게 연습을 할 때마다 빛깔과 향기로 유혹하는 자연이 내게 말을 건네더라.

쟤들 걱정 마시고 한가롭게 산보나 하시죠.

이제야
엄마가
재밌다

LOVE

01

아들의 첫사랑을 바라보는
엄마의 마음에 관하여

엄껌이에게 여자 친구가 생겼다. 녀석이 중3, 1학기 중반에 접어들었을 무렵이었다. 저녁을 차리기 전까지 조용하던 녀석이 밥상 앞에 앉자마자 할 말이 있다고 했다.

"저, 여자 친구 생겼어요."

엄껌이는 축하를 받고 싶었겠지만, 나는 전기충격을 받고 말았다. 그렇지 않아도 사춘기의 기미가 엿보이던 터였다. 사춘기의 소용돌이에 서툰 연애감정까지 휩싸여 방황할 것을 생각하니 걱정이 먼저 앞섰다. 평소에 녀석들에게 말하기를 여자 친구 사귀면 엄마가 데이트 비용 팍팍 밀어 줄게, 커플 티도 사줄게, 집에 놀러 오면 눈치껏 자리도 피해 줄게, 라고 큰 소리를 쳤지만, 막상 닥치고 보니 연애에 정신이 팔려 학생으로서의 본분을 잃어버리는 건 아닐까 하는 현실적 계산이 먼저 앞섰던 게다. 게다가 엄껌이는 마음이 여리고, 뭔가 한 곳에 빠지면 헤어 나오지 못하는 오타쿠 기질이 강한 녀석이었다. 왜 하필, 고교 입시를 앞두고 연애질은... 나는 엄마 된 자의 특권인 냥 이것저것 캐묻기 시작했다.

"어떤 애니?"

"애에요, 진짜 이쁘죠?"

페이스북을 열어 사진을 가리키던 엄껌이의 얼굴엔 조금의 수줍음과 약간의 자랑스러움이 묻어 있었다. 솔직히 엄껌이네 반에 내 맘에 꼭 드는 아이가 있었다. 그냥 예뻤다. 웃는 모습도, 걸음걸이도, 말씨도. 그래서 우리 애의 짝이었으면 좋겠다고 생각했던 그런 아이가 있었다. 그러나 녀석이 내보인 사진 속 여학생은 걔가 아닌 다른 애였던 것이다. 나는 노려보지 않으려 최대한의 미소를 띠었다.

"어떤 친구야? 공부는 잘 해?"

"그게 중요해요?"

엄껌이는 엄마가 못 마땅하게 생각해도 밀어 붙이겠다는 듯 단호한 눈빛을 쏘아 붙이고는 방문을 닫고 들어가 버렸다.

절대 아들이 사귀는 여친에 대해 이러쿵저러쿵 간섭하는 엄마는 되지 않겠노라 했다. 그럼 성을 갈겠노라고. 이성 친구를 사귈 때마다 간섭을 일삼던 울 엄마 때문에 번번이 연애를 망치며 한 다짐이었다.

울 엄마로 말할 거 같으면 딸이 사귀는 남자가 궁금하다고 몰래 뒤를 밟아 데이트 장소까지 미행을 하셨던 양반이었다. 카페에 앉아 신나게 수다를 떨다가 챙모자를 푹 눌러 쓴 엄마의 모습을 발견하고는 입에 머금었던 커피를 남자 친구의 면상에 가차 없이 내뿜었던 나로서는 정말로 울 엄마 같은 엄마는 되지 않겠노라고 다짐, 또 다짐을 했던 거다.

그러나 다 속여도 기침과 사랑, 그리고 피는 못 속이는 거다. 아들이 여자 친구를 만나러 가던 날, 나 역시도 챙모자를 뒤집어쓰고 싶은 마음을 꾹꾹 눌러 참느라 혼쭐이 났으니까.

참을 수 없는 본능처럼 내 아들의 여친은 어떤 애인지, 내 아들은 여친과 어떤 대화를 주고받는지, 만나서는 무얼 하며 시간은 어떻게 보내는지에 대한 궁금증으로 온 몸이 근질근질해졌다.

한날은 데이트를 하고 들어 온 녀석을 현관 앞에 세워두고 이것저 것 물어 볼 참이었다. 이름은 뭐야? 어떻게 만났는데? 공부는 잘해? 집은 어디야? 아버지 직업은 뭐래? 형제 관계는? 엄마는 일 안 하셔? 성격은 좋아? 취미는 뭐래? 너랑 대화는 잘 통해? 설마 김치녀는 아 니겠지? 혹시 치마 짧게 입고 가부끼 화장하고, 꼬챙이 빗이랑 거울 들고 다니는 그런 여자 앤 거야? 속사포같은 질문을 쏟아내려고 이 름부터 물었더니 엄껌이가 딱 자르더라.

"아무것도 궁금해 하지 마세요!"

녀석의 눈빛은 더 이상의 질문을 했다가는 한 판 뜨기라도 하겠다 는 듯 강렬했다. 나는 녀석과 같이 있으며 한 판을 뜨느니 차라리 바 닷가로 달려가 물수제비를 뜨겠다는 마음으로 집을 나왔다. 이럴 때 애들아빠라도 가까이 살았더라면 아들이 처음 만난 첫 여자 친구에 대한 얘기를 오랫동안 나누었을 거다. 그리고 아들의 연애를 바라보 는 엄마의 태도에 관한 아빠의 조언에 귀를 기울이기도 했을 거다. 그러다가 억지스러운 얘기가 나오면 티격태격 하고는 역시나 각자의 집으로 향했을 거다.

하지만 애들아빠는 먼 타국에 살고 있는 사람이었고, 대신에 나에 겐 아이들에게 문제가 생길 때마다 털어 놓을 수 있는 후배 S가 있었다. 나는 아이들에 관한 문제를 S와 의논했고, S는 여자 친구에 관한 문제를 나와 의논했다. 그 날 역시 물수제비를 뜨러 가는 차 안에서 S에게 전화를 걸었다.

"엄껌이에게 드디어 여친이 생겼대. 어떤 앤지 궁금해 죽겠는데 아무것도 묻지 말아 달래. 엄껌이가 여친에게 정신이 팔려서 방황할까 봐 걱정이야."

"우리 엄껌이가 지극히 정상이구먼 뭘. 여친 만나면서 엄마한테 시시콜콜 말하는 사내놈들이 오히려 비정상인 거지. 누난 잠자코 지켜보기나 하셔."

"그래도 궁금해 죽겠는데. 요즘 여자 애들이 좀 무섭냐? 성교육도 제대로 못 시켰는데 걱정이야. 짜식, 그냥 걸그룹이나 좋아할 것이지. 벽에 붙일 브로마이드는 내가 얼마든지 구해 줄 수 있는데 말이야."

"나 차암, 별 걱정을 다 하셔. 성교육 시킨다고 해서 할 거 안 하고, 안 할 거 하는 요즘 애들이 아니라니까... 엄껌일 믿고 그냥 지켜 봐. 제발 꼰대 엄마는 되지 마시구."

S는 늘 당부했다. 꼼데가르송은 입되, 꼰대는 되지 말라고. 그러면

서 모 TV 방송에 나왔던 꼰대 방지 5계명을 일러 주기도 했다.

첫째, 내가 틀렸을지도 모른다는 걸 인정해라.
둘째, 내가 바꿀 수 있는 사람은 없다.
셋째, 그때는 맞았지만 지금은 틀리다.
넷째, 말하려하지 말고 들어라, 답하려 하지 말고 물어라.
다섯째, 존경은 권리가 아니라 성취다.

그러나 이건 정말로 방송용 언어일 뿐 우리네 삶과는 아무런 상관 없는 얘기들이었다.

우려했던 대로 여친이 생긴 후 엄껌이에게는 많은 변화가 생기기 시작했다. 먼저 엄마인 나에게 '낯설고 서먹하다'란 감정을 안겨 주었다. 점점 엄마를 투명인간 취급하는 거 같기도 했다. 우리 엄껌이는 엄마 옆에 껌처럼 붙어 있었기에 '엄껌이'란 별명이 붙은 녀석이었다. 중학생이 되었는데도 엄마 품이 그리워 밤이면 베개를 들고 와 강아지처럼 옆에 꼭 달라붙던 녀석이었단 말이다. 변화는 그뿐이 아니었다. 쓰다 남은 베이비로션을 두고 남성 화장품을 사달라고 졸랐으며 쉐이빙 폼도 쓰기 시작했다. 심지어는 외모관리에 신경을 쓰다 못해 무릎에 생긴 조그마한 켈로이드 흉터를 없애겠다며 피부과에 주사를 맞으러 다니기도 했다. 하루 종일 여자 친구와 카톡을 주고받느라 책을 읽지도, 기타 연주도 하지 않았다. 이 모든 변화가 내게는 낯설, 아니 거슬릴 뿐이었다.

게다가 중3이 될 때까지 선생님들 눈 밖에 한 번 난 적이 없던 녀석이 급기야는 나를 학교에 불려가게 하고 말았다. 담임선생님께서는 시험이 몇 주 안 남았는데 엄껌이가 수업시간에 계속해서 멍 때리고 있다면서 걱정을 한아름 쏟아내셨다. 워낙 공부를 강요하지 않는 엄마로 소문이 나있던 터라 그랬는지 담임선생님께서는 모든 문제의 화살을 엄마인 내게로 돌리셨다.

"요즘 엄껌이가 어디에 정신이 팔렸는지 수업시간에 집중도 안 하고, 아무리 혼을 내도 소용이 없어요. 이게 다 어머니가 혼을 안내 주셔서 그래요. 너무 이쁘다고만 하지 마시고 혼 좀 내주세요."

"예, 제가 혼 좀 낼 게요."

"정말이죠? 꼭 공부 하라고 혼 내주셔야 해요."

"예, 꼭 혼내겠습니다."

"말로만 그러지 마시고 꼭 혼내주셔야 합니다."

담임선생님께서는 유난히 '혼을 내다'란 말을 좋아하셨다. '혼'을 내는 것만이 답이자, 진리라고 생각하시는 모양이었다. 하지만 어설프게 혼을 내서는 좀처럼 말을 듣지 않는 요즘 아이들이 아니던가. 물론 혼을 내서 말을 듣도록 하는 두 가지 방법이 있긴 했다. 혼이 쏙 빠지게 몽둥이 찜질을 해서 강한 오기의 혁명을 부추기든가, 혼이 감동할 만큼 타일러서 뜨거운 감정의 혁명을 부추기든가.

아이들이 어렸을 때만 해도 나는 '도대체 내가 무슨 짓을 한 거지?' 하고 후회를 할 만큼 계모처럼 혼을 내곤 했었다. 그러나 아이들이 커가면서 감동을 주는 대화법만이 가장 효과 빠른 채찍이라는 걸 알게 되었다. 혼이 날 일을 한 아이들을 감동시킬 만큼 자분자분 타이르는 일은 많은 에너지를 사용해야 하는 일이었지만, 오늘의 내 아이를 어제와 다른 내 아이로 만들기 위해서는 온쉼표의 기다림과 가을 들녘 같은 포용이 꼭 필요했다.

오븐의 빵을 익히듯 엄마가 원하는 타이밍에 맞추어 변할 아이들이라면 얼마나 좋겠냐만은 우리가 그러했듯 철이 드는 데에도 저마다의 시간이 있는 법이었다. 제 맛을 뽐낼 만큼 간이 배고, 제 몫을 다할 만큼 익어갈 시간이.

누군가 그러지 않았던가. 짧으면 기다림이 아닌 거라고. 오랫동안 참고 기다리며 엄마가 혼쭐이 나는 일, 이것이야 말로 혼날 짓을 한 아이들의 마음을 감동시킬 유일한 방법이었던 것이다.

그러나 솔직히 떼어 놓고 싶었다. 이건 엄마로서 정직한 마음이었다. 게다가 우리 엄껌이는 어딘가에 한 번 마음이 붙으면 껌처럼 쉽게 떨어지지 않는 녀석이란 걸 누구보다 잘 아는 나는 엄마가 아니던가. 모범생이던 녀석이 연애에 빠져 얼을 타고 있는데 그 어느 부모가 수수방관 하겠냔 말이다.

팔짱을 낀 채로 그냥 지켜볼까, 떼어 놓을까, 오락가락 하는 마음을 붙잡고 안 올라가는 고음을 연습하듯 '내려놓자' 쪽으로 마음을 정했다.

'비록 조석으로 귀가 따갑게 울리는 카톡 알림음과 녀석이 요구하는 청춘사업비 조달을 견디는 일은 어려워도, 첫 눈처럼 추억을 소복이 쌓아가는 아들의 첫사랑을 바라보는 일은 비스킷을 물고 로맨스영화를 관람하는 것처럼 그 얼마나 달콤한 일이던가. 연애를 못하게 한다 해도 반항심과 분노로 어차피 공부는 하지 않을 텐데 그냥 놔두자. 성적이 떨어져 원하는 고등학교에 진학하지 못할지라도 다 녀석의 운명인 거다.'

이렇게 애써... 쓴 웃음을 지으며... 연습을 하는 쪽으로.

그러나 끝내 속으로는 이를 갈았다.

'첫 사랑? 좋아하시네. 영국의 극작가 쇼의 말처럼 첫사랑이란 조금의 어리석음과 지나친 호기심에 불과한 거라고! 사랑의 '사'자도 모르는 놈이! 얼마나 오래 가는지 어디 두고 보자. 헤어지기만 해봐라. 나도 너 쌩 깔 거니까!'

02

아들의 실연을 바라보는
엄마의 태도에 관하여

결론부터 말하자면, 엄껌이의 연애는 마침내 끝이 났다. 36일의 사
랑이었다. 하필이면 오래 전 부터 계획했던 후배 은지와의 부산 여행
을 앞둔 하루 전 날 밤 녀석이 시무룩한 표정으로 여친과의 이별을
알렸다. 아니 차였다고 했다. 그리고 울었다고 했다. 많이 아프겠다며
자신을 위로해 주던 친구들 앞에서 왈칵 눈물을 쏟았다고.

엄껌이가 울었다는 말에 나도 울었다. 아빠를 만나고 돌아 올 때마

다 베개에 얼굴을 파묻고 울던 녀석의 모습이 생각났다. 이미 혹독한 이별을 치른 엄껌인 주인에게서 버림 받은 강아지를 보면서도 펑펑 눈물을 쏟는 아이였다. 그래서인지 나는 엄껌이의 이별이 사랑만큼이나 반갑지가 않았다. 더구나 내 아들이 차이다니! 마치 두들겨 맞고 온 내 새끼를 보는 냥 분하고 억울했다.

후배 S의 말대로 그동안은 무슨 꼴을 봐도 침묵으로 일관해온 나였다. 그러나 드디어 침묵을 깨고 입을 열어야할 순간이 찾아 온 것 같았다. 위로를 하려면 입부터 열어야 할 테니까 말이다.

여친과 헤어지면 쌩 까겠다고 이를 갈았지만, 언제 그랬냐는 듯 내 새끼의 상한 마음을 감싸겠다고 가슴의 붕대를 풀어 헤쳤다.

그러고 보니 엄마가 된 후부턴 이를 갈았던 결심만큼은 뜻대로 된 적이 별로 없었던 거 같다. 결국엔 원래대로 돌아왔으니까. 마른자리에서는 비켜 서 있다가 꼭 진자리에 나타나 힘이 되어 주는 원더우먼 같은 존재로 말이다.

당장 엄껌이에게 위로의 말을 전하고 싶었지만, 취소할 수 없는 부산여행이었다. 엄껌이도 그랬겠지만, 나 역시도 처음 겪는 일이라 어떤 말로 위로를 해야 할 지 생각할 시간이 필요했다.

은지와 부산 여행을 하는 중에도 엄껌이 생각뿐이었다. 사실 상처를 입은 녀석을 두고 떠나 온 여행이 썩 즐겁지만은 않았다. 낯선 세상에 서 있을 아이를 두고 바라보는 광안리 바다의 풍경은 쓸쓸하게만 느껴졌다.

내 자식이 실연을 당하다니. 실종(失踪), 실패(失敗), 실수(失手), 실언(失言), 실업(失業) 등, '失'자가 들어가는 말에 트라우마가 있던 나였다. '失'은 무언가를 잃어버린다는 말이었고, 잃는 것엔 아주 진절머리가 난 터였으니까.

광안리 모래사장에서 버스킹을 하던 무명가수의 노래가 구구절절 가슴에 와 닿았다. 까만 허공을 불빛으로 장식한 광안리 대교를 배경으로 아름다운 낭만이 펼쳐졌지만, 슬픈 노랫말만이 내 가슴을 후볐다. 눈물을 글썽이며 나는 은지에게 말했다.

"우리 엄껌이 지금쯤 뭐하고 있을까? 이터널 선샤인의 짐 케리처럼 기억을 지우고 싶은 만큼 괴로운 시간을 보내고 있겠지? 카톡으로 뭐라고 위로할까? '봄날은 간다'의 상우 할머니처럼 여자와 버스는 한 번 떠나면 잡는 게 아니라고 말해줄까?"

그랬더니 은지가 내 등짝을 세게 내려치며 거센 부산 사투리로 말하더라.

"언니야, 일단 한 대 맞고 정신 좀 차리자! 참 청승도 가지가지 아이가. 사나이가 여자한테 한 번 차인 걸 가지고 뭘 그리 유난을 떠는데? 앞으로 수십 번의 연애를 더 해봐야 한다 아이가, 남자는 결혼 전에 이 여자 저 여자 계속 만나야 한데이. 그래야 결혼해서 잘 산데이.”

결혼을 궁극의 목표로 이 여자, 저 여자를 만나 보라는 은지의 말엔 수긍을 할 수 없었지만, 할 수만 있다면 많은 연애경험을 갖는 게 좋다는 쪽에 한 표 던지는 바였다. 무엇이든 많은 경험을 한다는 건, 그만큼의 두려움을 덜어내는 일일 테니까.

은지에게 등짝을 한 대 맞고 나니 정신이 번쩍 들었다. 나부터 툭툭 털고 일어서기로 했다. 트라우마 따위도 날려 버려야 했다. '실패는 성공의 어머니이다' 라는 유명한 속담처럼 '失'은 잃는 게 아니라 무언가를 다시 얻게 할 밑천이라는 걸, 나는 엄껌이에게 말해주고 싶었다.

인생을 살다보면 무언가를 얻기 전엔 반드시 잃는 것이 있으며, 다시 무언가를 얻기 위해서는 잃었을 때의 태도가 중요한 법이라는 걸.

03

아들의 그녀에게
전한 말

엄껌인 생각보다 멀쩡했다. 이층 계단을 오르내리며 강아지와 놀았고, 학처럼 긴 다리를 꼬고 앉아 기타 연주에 몰두 했고, 내가 만들어 준 까르보나라를 먹고 나서는 맛있게 잘 먹었습니다, 하며 인사를 건넸다. 엄마 앞에서는 울고 싶어도 우는 모습을 보여주고 싶지 않은 아들의 마음이 그렇다면 나 역시도 울고 싶은 아들을 모른 척 해 주는 게 예의라고 생각했다. 가끔은 어떤 위로나 조언보다 모른 척이 더 나을 때도 있는 법이니까.

그렇게 생각을 했다가도 아무 생각 없이 한 마디 툭 내뱉게 될 때가 있다. 위로랍시고 말이다. 나는 기타 연주를 하다가 갑자기 멍해진 녀석에게 은지의 말을 툭 전했다.

"엄껌아, 남자는 결혼 전에 이 여자 저 여자 계속 만나봐야 해, 그래야 결혼해서 잘 살어."

어쩌면 은지의 말이 맞을 지도 몰랐다. 무뎌질 대로 무뎌지란 말이었을 테니까. 한 번보다는 열 번을, 열 번 보다는 백 번을 경험하며 굳은살을 붙이고, 근육을 만들어, 한 여자를 제대로 품을 힘을 만들란 말이었을 테니까. 수형이 근사하고 든든한 한 그루의 느티나무가 되어 제 여자의 그늘이 되란 말이었을 테니까. 하지만 말의 속뜻까지 헤아리기에는 아직 이른 나이였다 보다. 엄껌인 겨우 꿰매가고 있던 마음이 터진 듯 버럭 화를 냈다.

"뭔 소리에요? 그럼 나더러 이 여자, 저 여자랑 이별의 경험을 하라는 거잖아요? 한 번도 이렇게 아픈 이별을 여러 번씩이나 경험하라고요? 난 이제 연애 같은 거 안 할 거예요! 그냥 스무 살에 천생연분 만나서 결혼 할 거예요!"

내가 틀리고, 엄껌이가 맞았다.

훗날, 여러 번의 이별을 경험한 아이에게 '사랑하라, 한 번도 상처

받지 않은 것처럼'이라고 말할 수는 없는 거였으니까. 마치 파산이 예고된 카드 돌려막기를 가르치는 엄마처럼 연애를 남용하란 셈이 되고 말았다. 나는 그저 고구마 먹은 듯 답답한 녀석의 마음에 사이다 한 모금을 전하고 싶었을 뿐이었는데... 드라마 제목처럼 '괜찮아, 사랑이야'를 말하고 싶었을 뿐이었는데... 개념 없는 엄마로 비춰지고만 것이다.

이혼서류를 집으로 가지고 들어 왔던 날, 울 아부지가 해 주셨던 말씀이 떠올랐다.

"한 번은 실수지만, 두 번은 실패다."

그래, 사랑하는 사람과의 이별은 가능하다면 무덤에서 한 번이면 족한 건지도 몰랐다. 그건, 천생연분을 만났다는 말일 테니까.
천생연분을 만나겠다던 엄껌인 사랑과 이별의 감정을 분리하듯 납처럼 차가운 이별의 아픔을 진지하게, 또 순리대로 잘 관통했다. 매사가 차분하고 사려 깊은 엄껌인 이별 또한 그렇게 지났다.

친구들과 어울려 운동도 열심히 했고, 기타 연주 시간도 늘렸고, 우크렐레 앙상블에 가입을 했고, 고속버스를 타고 홍대 앞 버스킹 구경도 다녔고, 밥도 씩씩하게 먹으며 가슴에 그렸던 하트를 동그라미로 만들어갔다.

　괜한 걱정을 한 모양이었다. 실연으로 인해 하트를 그렸던 아들의 마음이 둘로 쪼개진 건 아닐까, 세모 또는 네모를 만들어 누군가를 찌르는 건 아닐까 하는 괜한 기우를.

　이별의 시간 위를 평범한 일상과 특별한 취미 활동으로 묵묵히 수놓았던 엄껌이는 아픈 만큼 사랑을 배웠을 거다. 헤어진 이유에 대해 자신이 많이 부족했기 때문이라고 말하던 엄껌인 다음 사랑에 더 골찬 용기를 발휘할 거였으며, 외롭다고 아무나 만나지 않을 거였으며, 과거의 여자를 떠올리며 현재의 여자와 비교할 일도 없을 거였으며, 여친으로 하여금 SNS를 뒤져 남자의 과거에 집착하게 하는 일도 없을 거였다. 그리고 혹독한 이별을 경험했기에 타인의 아픈 마음에도 관심을 기울일 거였다.

　이렇게 우린 사랑과 이별을 통해 눈 하나가 생겨나는 거다. 가녀린 풀벌레, 젖은 낙엽 위에 떨어진 애벌레의 마음을 바라보는 눈 하나가. 나는 비로소 내 아들의 첫사랑, 그녀에게 말했다.

　고맙다! 행복해라! 너도.

01 여자의 몸엔 함부로 손대지 마라. 각서를 받지 않은 이상 절대 안 된다. 카톡으로라도 허락을 받고 각서를 남겨라. 즉, 신중하란 말이다.

02 적어도 사계절을 함께 지나라. 사랑엔 반드시 패턴(서로의 습관, 반복되는 싸움의 이유나 주기 등)이 있더라. 상대에 따라 패턴이 달라지긴 하나 너희 자신이 그려가는 패턴은 누굴 만나더라도 똑같을 것이다. 패턴을 이해하고 패턴을 예측하며, 패턴의 한계를 극복할 때, 비로소 사랑은 열매를 맺는다.

03 사랑하는 사람에게 자주 소식을 전함으로써 기다리게 하지 마라. 공백은 암울하면서도 엉뚱한 상상을 낳기 마련이다. 여러 가지의 가능성이 열려 있는 게 인간의 삶이다. 내 연인에게 불길한 가능성이 펼쳐질 거라는 상상은 대화를 망치거나 가로 막기 마련이다. 영문 모를 기다림의 시간은 이별로 향하는 긴 터널이라는 것을 잊지 말거라.

04 여자 친구가 누군가로부터 상처를 받거든 그녀가 잘 못했어도 무조건 편이 되어 줘라. 심판은 너희의 몫이 아니다. 너희의 몫은

오로지 구원이다.

05 사랑에 푹 빠져 정신을 잃지 마라. 웅덩이에 빠진 사슴이 어찌 아름다운 꽃길을 거닐겠으며, 동무들과 어울리겠느냐. 너희의 사랑에 많은 이들의 축복이 쏟아지길 바란다면 웅덩이를 가로질러라.

06 너희가 다 옳고, 더 잘났다고 생각하지 마라. 그건 바다가 없으면 살 수 없는 물고기가 자기 힘으로 살아간다고 우기는 것과 똑같다. 누굴 사랑하든 너흰 바다의 품에 안긴 물고기인 것이다.

07 불화가 시작되었다는 건, 서로에 대해 알거 다 알았다는 거다. 그럴 땐 단점보다 장점을 더 많이 헤아려라. 단점이 너무 많다면 헤어져라. 헤어지지 못할 거라면 너희 자신을 더욱 낮추어 무릎을 꿇어라. 이건 이별이 자신 없는 사람들이 감당해야할 유일한 몫인 것이다.

04

짝을
잘 만나는 법

아들 녀석들에게 강추하고 싶은 영화가 있다. 아니 성경말씀처럼 꼭 가슴에 지니라고 일러주고 싶은 영화 대사가 있다. 홍상수 감독의 영화 「잘 알지도 못하면서」에서 구경남이 고순에게 사랑을 구걸했던 대사이다.

짝이란, 평생 이 계집, 저 계집 신경 쓰느라 피곤해 하지 않고, 한 사람이라 결정하고 조금씩 조금씩 사랑의 금자탑을 쌓아 나가는 거예요. 자기 경멸하는 걸 포기하고, 사람이었다 동물이었다 왔다갔다하지 않고, 그냥 사람으로 쭉 살아가는 길이 짝이랑 사는 길이에요. 당신이 유일한 제 짝인 거 같아요. 사람들 대부분의 불행은 제 짝을 찾지 못해서 오는 거거든요. 돈도 아니고 열등감도 아니고 성공을 못해서도 아니에요. 이렇게 만나면 알게 될 걸 왜 당신을 안 찾았는지 모르겠어요. 살아있는 구체적인 사람을 만나야 그 사람을 통해서 구원을 받는 건데, 저한테 당신 밖에 없는 거 같아요.

이 대사의 구구절절은 남자가 아닌 여자에게도 해당될 것이다. 그리고 내 아들들이 꼭 구경남이 말한 그런 짝과 결혼을 했으면 좋겠다.

나는 결혼을 이인삼각게임이라고 말하고 싶다. 남녀가 한 쌍이 되어 서로의 어깨에 손을 얹고, 한 발이 묶인 채로 평생을 함께 해야 하는 이인삼각게임 말이다. 그렇기에 결혼은 마음이 잘 맞는 사람, 대화가 잘 통하는 사람, 사랑하는 사람과 해야 한다. 사랑하는 사람과 함께라면 아슬아슬한 게임마저도 즐거운 놀이가 될 것이다.

허나, 제 짝이 아닌 사람과의 이인삼각게임은 상상만으로도 끔찍하다. 고문의 연속을 못 이겨 결국엔 두발에 묶인 끈을 풀어헤치게 될 것이다. 미련 없이 끈을 풀어헤칠 수 있다면 그나마 낫다. 한 발이 꽁꽁 묶인 채로 오도 가도 못하는 수도승 팔자가 된다면 얼마나 끔찍할까. 그래도 수도승처럼 도라도 닦고 살면 다행이다. 배우자를 원망하며 신세한탄으로 시간을 보내는 사이 머릿속은 엉망진창이 될 것이며, 일도 손에 잡히지 않을 것이다. 그늘이 그려진 얼굴로 맺는 인간관계는 원만할 리가 없을 것이며, 많은 에너지 소모로 소중한 시간을 정체에 이르게 할 것이다. 특히 남자에게 있어 짝과 동행하며 그려가는 풍경은 그의 인품이자, 인격이자, 인생이기도 하다.

순간의 선택이 평생을 좌우한다고 한 번 고른 짝은 쉽게 바꾸지도 못한다. 땅을 치고 후회를 한다 한들 쉽게 버리지도 못한다. 목숨과도 같은 자식과 평생 장만한 집 한 채와 체면을 버리지 못하기 때문이다. 그저 불행한 인생마저 책임이라 떠안고 살아간다.

그렇다고 바람을 피운다 치자, 목숨 같은 사랑이 어디 바깥에는 존재 하더냐. 바람으로 시작한 관계는 뭘 해도 바람처럼 가볍기 마련이다. 나누는 말도 가볍고, 하는 행위도 가볍다. 열정도 가볍ㄱ 끝도 가볍다. 두 사람만이 아는 관계라 그렇다. 관객이 없는 무대에 선 두 배우가 얼마나 고급스런 치장을 하겠으며, 농익은 대사와 지문에 치중하겠는가. 바람은 그저 바람처럼 떠나갈 짝일 뿐이다.

또 이건, 짝을 잃어 본 엄마로서 말하는 건데, 한 번 인연이 된 짝은 잃었다 해도 잃는 게 아니다. 그 놈의 자식이 뭔지, 자식 때문에 살기도 하지만, 자식이 있으므로 헤어졌다고 해도 헤어진 게 아니다. 어떻게든 인연을 이어가고, 어디서든 만나게 되어 있다.

그러니까 처음부터 떨어지지 않을 짝, 아니 '딱 붙어서 떨어지고 싶지 않은 제짝'을 만나야 한다는 거다.

그런데 요즘 애들은 제짝을 고르는 눈이 한마디로 너무 후졌다. 남자들의 약속인 듯 무조건 예쁘고 섹시한 여자면 된다고 한다. 심지어 우리 멀국의 인생 신조는 노인과 아이와 예쁜 여자는 무조건 보호하는 거란다. 노인과 아이는 이해하겠는데, 왜 예쁜 여자만 보호하고 못 생긴 여자는 제외하는 거냐고 물었더니, 못 생긴 여자는 독해서 뭘 하든 혼자서도 잘할 수 있기 때문이란다. 그러면서 한 마디 덧붙이더라. 엄마는 노인이니까 무조건 보호하겠다고. 예쁜 여자이기 때문은 아니라는 말에 분개한 나는 녀석에게 일침을 쏘았다.

"야! 예쁜 여자들이 더 독해! 예뻐지기 위해 다이어트 하고, 제 살과 뼈를 깎는 성형수술은 좀처럼 독하지 않으면 못 할 일이라고!"

그랬더니 멀국이 왈, 예쁘면 독해도 좋단다.

하루는 내 친구가 놀러 와서 모 중학교에 다니는 여학생 J 이야기를 들려주고 간 적이 있었다. J는 전교에서 제일 예쁜 여자애란다. 그런데 팜므파탈이란다. 같은 학급 남학생들을 돌아가면서 사귀는 J의 태도에 엄마들의 걱정이 이만저만이 아니란다. 나는 J도 문제지만, 그런 여학생을 좋아하는 남학생들도 문제라면서 혀를 찼다. 그리고 멀국이와 엄껌이가 학교에서 돌아왔을 때, J의 이야기를 전하며 J의 유혹에 넘어가는 남자 애들을 오히려 이해할 수 없노라고 열을 올렸다. 그랬더니 울 집 녀석들, 마치 약속이나 한 듯 이구동성으로 묻더라.

"J라는 애 예쁘데?"

"어. 전교에서 제일 예쁘데."

"그럼 그럴 수도 있지."

"뭐라고? 참 비위들도 좋다! 아무리 예뻐도 그렇지. 어떻게 자기 친구들이 사귀던 애를..."

"엄마, J가 공유(내가 가장 좋아하는 배우)라고 생각해봐요."

"공유? 그렇다면 이 엄마도 순서를 기다리지!"

그래, 공유였다면 나도 순서를 기다렸을 거라고 무릎을 쳤다. 그러나 말이 그렇다는 거다. 순서는 기다렸겠다만 순서가 왔다 해도 싸인한 장 받고 돌아섰을 거다. 뜨거운 포옹을 하지도 전화번호를 건네지도 않았을 거다. 나는 질투심이 강해서 공유하는 사랑엔 자신이 없다. 나는 나만을 위해 오픈 된 24시간 편의점 같은 남자가 좋다. 그런 남자와 아낌없는 사랑을 주고받고 싶다.

배우 공유의 팬인 건 사실이지만, 여고시절부터 나의 이상형은 공유와는 아주아주 거리가 먼 사람들이었다. 키가 크면 얼굴도 크고,

키가 작으면 얼굴도 못났고, 착하면 돈이 없고, 돈이 많으면 돈을 쓰지 않는 남자들이 현실의 남자들이었던 것이다. 그래서 친구들로부터 너도 참 남자 조건 안 따져, 라는 말을 자주 듣고 했었다.

그런데... 그럼에도 불구하고... 내 사랑은 언제나 실패로 끝났다. 감당이 안 되는 사랑을 붙잡고 헤어질까 말까를 갈등하며, 만났다 헤어졌다를 반복하며 사랑을 배웠고, 사랑 앞에 일정한 패턴을 그려가는 나 자신을 바라보았다. 그리고 세상에서 가장 어려운 게 사랑이란 걸 알게 되었다.

불혹의 나이가 되어서야 남자와 여자는 하나가 될 수 없는 이물질들이라는 것을 알게 되었다. '틀린 것'이라면 고쳐 보기라도 할 것이다. 그러나 '다른 것'과 하나가 된다는 것은 참으로 어려운 일이었다. 정말이지 나와 다른 사람과 맞추는 일은 멘사 추리 문제를 맞추는 일만큼이나 어려운 일이었다.

대화는 장난 아니게 어렵고, 함께 사는 건 정말, 진짜, 완전, 어려운 일이었다. 어쩌면 교육의 영향이었는지도 몰랐다. 어느 집이든 아들에게 하는 교육과 딸에게 하는 교육이 다르듯 울 아부지께서는 남동생이 울면 사나이는 우는 거 아니라며 호통을 치셨고, 내가 울면 울고 싶을 때까지 울라고 안아 주셨다. 남동생에게는 역사와 전쟁에 관한 이야기를 전하시며 가정을 지키는 법을 가르치셨다면 나에겐 가족과 이웃의 이야기를 전하시며 가족을 돌보는 법을 일러 주셨다. 그걸 보고 자란 나는 울 아버지가 남동생에게 했던 말들을 내 아들들에게 왕왕 내뱉고 있다.

그렇게 남자와 여자는 다른 명령 체계가 주입된 채로 각각의 성능을 만들어 간다. 남자는 남자답게, 여자는 여자답게. 그렇기에 아무리 잔소리를 늘어놓아도 달라지지 않는 남자들에게 여자들은 말한다.

"저거, 인간 아니므노이다!"

이쯤에서 결론을 짓겠다. 나는 알 수 없는 사랑 앞에 세상 어디에도 제 짝을 만나는 법 같은 건 없다는 심오한 진리를 터득하게 되었다. 사랑에 성공하는 방법은 그냥 지금 내 곁의 사람을 내 짝으로 결정하는 거다.

성경은 사랑으로 생겨난 모든 문제들을 「사랑은 언제나 오래참고, 사랑은 언제나 온유하며, 시기하지 않으며, 자랑도 교만도 아니하며, 무례히 행치 않고, 자기의 유익을 구하지 않고, 성내지 아니하며…」를 공식처럼 외우며 풀어가라고 한다. 하지만 그거야 말로 어렵다. 이처럼 공식을 알려줘도 어려운 것이기에 사랑은 세상에서 가장 달달한 놀이이기도, 세상에서 가장 뻑뻑한 노동이 되기도 하는 것이다.

어려울 때는 **찍는 게 정답**이 되기도 한다. 나를 꼭 필요로 하는 사람, 나도 꼭 필요한 사람, 헤어지면 서로가 못 살 거 같은 사람이 있다면 무조건 짝으로 찍어라! 재지도, 따지지도, 셈을 헤아리지도 마라. 보상도 바라지 말고 사랑하라. 보상은 사랑일 때, 하늘에서 함박눈처럼 내리는 것이다. 아무리 사랑이 어렵다 해도 우리 인간은 사랑을 해야 살아갈 힘을 얻기 때문이다.

내 아드님들이시어, 지금 SNS 프로필 사진에 함께 있는 여인으로 결정하시고, 아낌없이 사랑하시길!

05

아낌없이
사랑하라

멀국이가 수학여행 준비로 바쁜 어느 날이었다. 멀국이는 장기자랑을 준비하고, 머리 모양을 바꾸고, 새 옷을 사기 위해 두어 달 전부터 용돈을 차곡차곡 모아 쇼핑을 했다. 추석 연휴 때 친척들에게 받은 용돈으로는 수학여행 때 입을 겨울 패딩을 반값에 사기도 했다.

촌스럽게 수학여행 간다고 새 옷은... 하며 놀리기도 했지만, 제 돈을 모아 제 필요를 채우는 녀석이 대견하기만 했다. 그리고 속으로는 '엄마도 수학여행 갈 때 그렇게 설레더라. 그래도 엄만 네 나이 때 너처럼 두어 달 전부터 용돈 모을 생각은 못했다. 울 아들이 엄마보다 낫네. 다 컸다.' 했다.

그런 녀석이 운동화 한 켤레를 사러가자고 부탁을 하더라. 운동화 한 켤레만 사면 끝인데 그건 엄마가 좀 보태줬으면 좋겠다고 하기에 그러마, 했다. 그렇지 않아도 수학여행 가는 아들에게 선물 하나쯤은 해줘야겠다고 마음을 먹고 있던 터였다. 그리고 스포츠 매장으로 향하는 길에 시답지 않은 말 한 마디를 건넸다.

"미안하다, 엄마가 ○실이 아줌마였다면 너 원하는 거 다 사줬을 텐데..."

그랬더니 멸국이가 버럭 화를 내더라.

"소름끼치는 소리 하지 마! 난 그런 엄마 필요 없다. 난 지금으로도 충분하다. 사람이 필요한 것만 갖고 살면 되지. 과하면 ○실이 아줌마처럼 화 입고, 죄수복도 입는다."

녀석, 수행여행을 갈 나이가 되더니 철이 들었다. 정말로 다 키웠다. 제 옷을 사러 간 스포츠 매장에 들어가서는 나한테 맘에 드는 운동화 한 켤레를 골라 보라고 하더라. 그래서 "엄만 이거!" 했더니 며칠이 지난 후, 그걸 사들고 오더라. 그러면서 엄마 갖고 싶은 건 제가 다 사주겠다고 하더라.

사실이면 좋겠다만, 허풍이라도 좋다. 사실인 냥 허풍을 떨 줄도 안 다니 정말로 다 키웠다. 이제 인생사는 거 힘든 것도 알고, 제 부모 힘 든 것도 알고, 제 분수와 처지도 알만큼 철이 들었다. 놀 궁리보다는 살 궁리에 빠져 있더니 검은 머리에 새치도 한 두 가닥 솟아났더라. 앞날 걱정에 우울증 걸린 거 같다고 징징 짜더니, 피똥 싸게 노력하 며 제 길 잘만 가고 있더라. 그래서 웬만한 어른들은 저리가라 할 만 큼 대화도 잘 통하는 아들로 다 자랐단 말이다.

아들의 첫 수학여행을 웃으며 보내줘야 하는데 자꾸만 눈물을 보 인다. 세월호의 참상이 떠올라 그렇다. 이런 내 아들처럼 그들에게도 그런 자식이었던 것을...

멀국이가 수학여행에서 돌아온 후, 나는 촛불행진을 하듯 아이들 을 데리고 팽목항에 다녀왔다. 초심을 잃어가고 있던 어느 날 문득이 었다. 입시제국을 떠나온 내가 어느새 초심을 잃어가고 있었다. 멀국 이가 공부 좀 한다고 까부니까 나도 덩달아 까분 게다.

게다가 허세병 마저 돋았다. 솔직히 개천에서 용 나는 인물이 우리 멀국이가 되어주길 은근히 기대했었다. 나는 그렇게 내신 성적에 발 목이 잡힌 채로 애를 독서실로만 내몰았고, 내가 개천에서 용을 쓰는 사이 멀국이와 엄껨는 점점 미꾸라지가 되어가고 있었다.

아이들은 제 피부에 닿지 않은 이상 남의 일에는 무관심하거나 무 지해도 죄가 되지 않는다는 쪽으로 기울어가고 있었다. 광화문 촛불

집회에 함께 가자고 했더니 멀국인 대통령 탄핵같은 건 자기 내신관리도 바빠서 관심이 없다고 했고, 숙제를 꾸역꾸역 하고 있던 엄껌이에게 "엄만, ㅇ실이 아줌마가 참 싫다!"했더니 "난 ㅇ섭이 아저씨가 더 싫어!"하며 과제를 내 주신 선생님의 이름 두 글자를 언급하더라. 암 수술 후 회복 중이신 아버지께서는 암 재발할까 무서우니 탄핵 얘기 그만 꺼내라하시고, 울 엄만 "그래도 우리가 이렇게 잘 먹고 잘 살게 된 건..."하시며 입에 붙은 '새마을 운동 버전'을 또 꺼내어 읊으셨다. 동네 미용실에선 이제 뉴스도 못 믿겠다며 아예 채널을 드라마에 고정시키더라.

이게 다 '나 살기도 급급한 세상'이 빚어낸 모습이었다.

나부터 초심을 바로잡겠다는 각오로 독서실로 향하는 아이들의 목덜미를 잡아 세월호 희생자 추모관이 있는 진도행 버스에 태웠다. 강제가 아니길 바라며 우리가 한 번쯤은 이곳에 꼭 다녀와야 하는 이유도 설명했다. 우리에게 주어진 하루를 누군가의 슬픔을 위해 나누어 쓰는 일은 공부보다 더 중요한 배움이자 가치인 거라고.

사고가 나고 3년이 흐른 팽목항은 생각보다 적막했다. 9명의 미수습자 유가족들만이 남아 애타게 인양을 기다리고 있었다. '세상 모든 사람이 잊어도 엄마니까 포기 못합니다'란 현수막 글귀에 나는 그만 참았던 눈물을 터트리고 말았다. 미수습자 가족들의 얘기를 듣는 내

내 그리스 신화에 나오는 데메테르의 슬픔이 떠올랐다. 딸 페르세포네를 잃은 후 정신이 나가 대지를 돌보는 일마저 놓아 버렸던 대지의 여신 데메테르의 슬픔을.

너무 고통스러워서 내일이 올 거 같지 않은 사람들에게 나는 '이 또한 지나가리'라는 위로의 말을 자주 전한다. 그건 공평하게 시간을 흘려 보내는 사람들에게 해당되는 적확한 위로의 말이었다.

그러나 아직 돌아오지 못한 아이들과 가족의 이름을 부르며 「2014년 4월 16일」에 머물러 있던 그들에게 만큼은 차마 그 말을 전할 수가 없었다. 소용돌이에 묻힌 아파트 7층 높이의 배를 들어 올려야 하는 작업 앞에서 그들을 끌어안고 눈물을 보이는 일마저도 미안했다. 그저 어떤 마법이 일어나 배가 수면 위로 떠오르는 상상만을 반복했을 뿐.

팽목항에서 돌아온 다음 날, 멀국이와 엄꺼미는 아침 일찍 독서실로 향했고 나는 하루 종일 몸살을 앓았다. 해가 기울자 겨우 몸을 일으켜 세웠다. 현기증은 났지만 돌아 올 아이들을 위해 더 정성껏 밥을 지었다. 늦은 밤이 되어서야 집으로 돌아 온 아이들과 오랫동안 눈을 맞추어 대화를 나눈 후, 늦은 밤이 되어서야 은화 어머니의 젖은 목소리를 SNS에 올렸다. 세월이 흘러도 잊지 말아야 할 세월호가 전한 교훈과 당부의 메시지를.

"세월호는 '사람'입니다.

더 이상은 사람을 구하지 못하는 나라가 아니길 바랍니다.

세월호 속에 아직도 9명의 사람이 있습니다.

차가운 바다 속에 아직도 사람이 있습니다.

내 아이를 찾을 수만 있다면 저 바닷물을 다 길어 올리고 싶은 심정입니다.

토닥토닥 싸우더라도 같은 식탁에 앉아 밥을 먹는 것이 얼마나 큰 행복인지를 저희도 몰랐습니다.

서로 만질 수 있을 때, 서로 바라 볼 수 있을 때, 아낌없이 사랑하십시오.

이것이 403명이 드리는 교훈입니다.

머지않아 세월호가 인양되거든 꼭 사람부터 구하라고 외쳐주십시오.

이것이 403명이 드리는 마지막 당부입니다."

우리에게 소중한 교훈을 전한 아이들은 찬 서리를 맞고 남쪽나라에 이른 새처럼 별이 되어 하늘의 집에 이르렀을 것이다.

그래, 아이들이 머물러 있는 하늘이 있음에 감사한다.

그래, 하늘이 있음을 믿겠노라.

•• 하늘이 눈길을 주신 듯 박근혜 전 대통령 탄핵 열이틀 후인 2017년 3월 22일, 세월호 선체 인양 작업이 시작되었다. 그리고 세월호 참사 발생 1091일 만인 2017년 4월 11일, 세월호 육상 거치 작업이 마무리되었다. 선체는 인양이 되었지만, 이 책이 탈고 된 2017년 9월 9일까지 네 명의 미수습자만이 가족의 품으로 돌아왔을 뿐, 다섯 명의 미수습자는 세월호에서 나오지 못했다.

형벌과 같은 폭염이 내려쬐는 가운데에서도 여전히 드높은 하늘이 있기에 나는 모든 생명에게 '다음'이 있다는 것을 믿는다.

충만한 삶을 다 채우지 못하고 떠나 간 이 땅의 모든 생명에게조차.

그들의 행복과 사랑을 영원한 하늘에 맡기겠노라.

06

참 고마운 사람,
참 고마운 사랑

지난 여름 돈을 벌기 위해 대천 바닷가 수산 도매시장에 일을 다닌 적이 있었다. 머리털 나고 처음으로 경리 업무라는 것을 경험해 보았다. 글을 쓰는 일 말고 다른 일이 하고 싶어졌다, 글을 쓰기 위한 경험을 위해서다, 란 변명은 하지 않겠다. 글감이 안 들어 와서 돈을 벌기 위해 나간 거였으니까.

무경험자도 예우한다고 했고, 오후 일찍 끝나는 것도 좋았고, 또박또박 받는 월급은 생계에 큰 도움이 될 만큼 적지 않았다. 자리가 사람을 만든다고 아무도 정 작가라 불러 주는 이 없는 노가다 판에서 정 경리로 불리며 번들 제품 취급을 당하는 일마저도 신선했다.

덕분에 뭉치 돈을 세는 법도 배웠고, 전산 프로그램 입력 방법도, 재고 파악법도, 우럭 지느러미에 독이 든 침이 있다는 것도, 수산물은 무조건 큰 게 맛있다는 것도 배웠다. 일하는 곳이 도매시장이다 보니 새우·문어·전복·도미·광어·우럭도 원가에 먹을 수 있었고, 그 바람에 대장암 수술 후 회복 중이셨던 울 아부지께 전복죽도 실컷 쑤어 드릴 수 있었다.

글과 씨름만 하던 내가 난생처음 숫자와 씨름을 하면서 멍청이란 말도, 머리가 나쁘다는 말도, 환장하게 답답하단 말도 많이 들었지만, 바보처럼 웃어 넘겼다.

나에겐 경리나 장사꾼이 아닌 글쟁이로 살아갈 꿈이 있었으니까.

그래, 나는 글쟁이이다. 하지만 참새떼처럼 몰려온 손님들과 신속하면서도 실수없이 현찰을 주고받으며 저울장사를 해 이윤을 남기는 장사의 신들 앞에서 글쟁이의 필력은 십 원짜리 동전만큼도 쓸모가 없었으며, 학교에서 배운 지식 또한 그저 무용지물일 뿐이었다.

그래도 좋았다. 아는 게 아는 게 아니라는 거, 잘날 게 잘난 게 아니란 걸 경험하는 사이 내 아이들이 꼭 대학에 진학하지 않아도 된다는 교육철학이 더 공고해졌으니까.

그 회사의 사장님은 대학을 나오지는 않았지만, 장사에 있어서만큼은 웬만한 박사 저리가라 하는 사람이었다. 수 십 년을 망해먹지 않고 한 자리에서 장사를 하고 있다면 '알 만한 사람'이라고 그 업계에서는 제법 인정도 받았다.

이런 걸 참학력이라고 한단다. 참학력이란 기존에 습득한 지식을 바탕으로 새로운 지식을 만들고, 실생활에 유용하게 활용할 수 있는 능력을 말하는 거란다.

시골엔 참학력을 가진 사람들이 참 많다. 장사의 참학력, 농사의 참학력, 장담그기의 참학력, 집짓기의 참학력 등.

별별 사람들이 다 득실거리는 곳이었지만, 참학력을 가진 다양한 인간상을 몸소 체험하는 사이 시간은 빠르게 지나갔다. 나름 재미도 있었다. 그래서 멍청이란 말을 들으면서도 매일 아침 짠물 튀는 일터로 나갔던 거다.

그러던 어느 날 밤, 해외에 있는 제 아빠와 카톡을 주고받던 멀국이가 핸드폰을 쥐고 달려왔다.

"엄마, 이것 좀 봐. 아빠는 언제나 엄마 걱정이 커."

부자 사이에 몇 줄을 주고받은 문자를 훑어보니, 아빠가 먼저 엄마의 안부를 물었고, 멀국이가 아빠에게 수산시장에서 일을 하는 엄마의 근황을 알렸고, 아빠는 어디냐며, 무슨 일이냐며, 얼마나 더 해야 하는 거냐며, 한 걱정을 쏟아내고 있더라. 어려운 사람들을 보면 원래 그런 사람이었다. 워낙 눈물 많고, 정도 많은 사람이니까 여기까지는 그러려니 했다. 그런데 끝에 남긴 한 문장이 눈물을 핑 돌게 하더라.

"니네 엄마 어디 가서 힘든 일 못하는 사람인데... 그 자존심에 많이 힘들 텐데... 니들이 집안일이라도 많이 도와라."

설움이 북받쳤다. 필자가 애들아빠가 아니더라도, 내 고된 삶을 알아주는 누군가가 있다는 사실이 참말이지 눈물 나게 고마웠다.

실은 힘들었다. 한 번도 해 본 적 없던 일이 서툴러 구박을 받는 것도 서러웠고, 실수를 거듭할 때마다 잘릴까, 노심초사하는 것도 자존심이 상했다. 거친 삶의 현장에서 보내는 하루는 감정적으로 누려야 할 일보다 견뎌야 할 일들이 더 많았다.

매일같이 정 경리의 하루를 라디오 청취를 하듯 들어주던 친구 O는 버티기 위해 무엇을 어떻게 해야 할지를 생각해 보라 했고, 나는 돈 벌 생각만 하며 활처럼 구부리겠노라 말했다. 그런데 애들아빠, 전남편이란 사람이 그런 내 맘을 알아준 거다. 이내 눈물을 닦았다. 참 청승도 가지가지다 했다. 이런 청승이 멀국인 의아한가 보다.

"도대체 두 사람은 왜 헤어진 거야? 이렇게 서로를 생각하면서."

"사랑해서 헤어졌다. 이놈아."

"엄마가 사랑이 뭔 줄이나 알아?"

멀국인 가끔 나를 향해 제 아빠조차 사랑한 적 없는 국보급 쑥맥이라고 놀린다. 그러면 나는 펄쩍 뛴다.

천만의 말씀 만만의 콩떡이다, 이 놈아!

사랑이라면 나도 참학력 반 토막쯤은 되는 사람이다, 이놈아!

사랑이 아니면 어찌 사십 반생을 견디며 살았겠느냐.

사랑이 뭐냐고?

사랑이란 우리가 그토록 원하는 '집'과 같은 거다.

벌거 벗은 채로 맘껏 활보하는 집

헐 벗고

깨 벗고

화장 벗고

형식 벗고

가면 벗은 사람들을 맞이하는

유일한 충전 공간

편안한 휴식 공간

그래서 무너지고 또 무너져도

우린 '사랑의 집'을 짓고, 자꾸만 그곳으로 향한다.

그렇게 아빠는 아빠의 새 집을 짓고, 엄마는 엄마의 새 집을 짓고, 어느새 좋은 이웃으로 만나 도울 일은 돕고, 나눌 일은 나누며 살아가는 거다.

사랑하는 너희가 있어 그렇다, 이놈아!

남남이 된 사람의 형편마저 보듬는, 이게 진짜 사랑이다.

너희와 진짜 사랑이 깊어진, 이제야 엄마가 재밌다.

원고를 덮으며

이 원고가 제 모습을 갖추어 독자들의 품에 안길 수 있도록 끝까지
산고의 자리를 지켜 주시고, 힘을 더해 주신 크리에이티브 야드의
정찬엽 대표님, 장혜미 과장님께 감사를 전합니다.

홀로 선 엄마가 선택한
두 아들과의 행복 인생 이야기

이제야 엄마가 재밌다

초판 1쇄 발행　　2017년 11월 10일

지은이　　　　정글

발행인　　　　김용성
발행처　　　　지우출판
편집 디자인 총괄　정찬엽
디자이너　　　장혜미
디자인　　　　크리에이티브야드　TEL 02. 569. 5719
일러스트　　　다온
주소　　　　　서울시 동대문구 이문로 58 오스카빌딩 4층
전화　　　　　02. 962. 9154~5
팩스　　　　　02. 962. 9156
이메일　　　　lawnbook@hanmail.net

출판등록　　　2003년 8월 19일 제 9-118호

ISBN　　　　 978-89-91622-62-3　　03810